特写职业故事
真实奇闻异事

我们不纵容恶，
但我们愿相信并看到人性背后的点点星光。

FOREWORD 前言	004
第一案 死刑犯的最后一晚	007
第二案 一双筷子	023
第三案 怕"鬼"的自首犯	037
第四案 最大的恶意	053
第五案 越狱 35 年	067
第六案 等妻子回家	091

目录

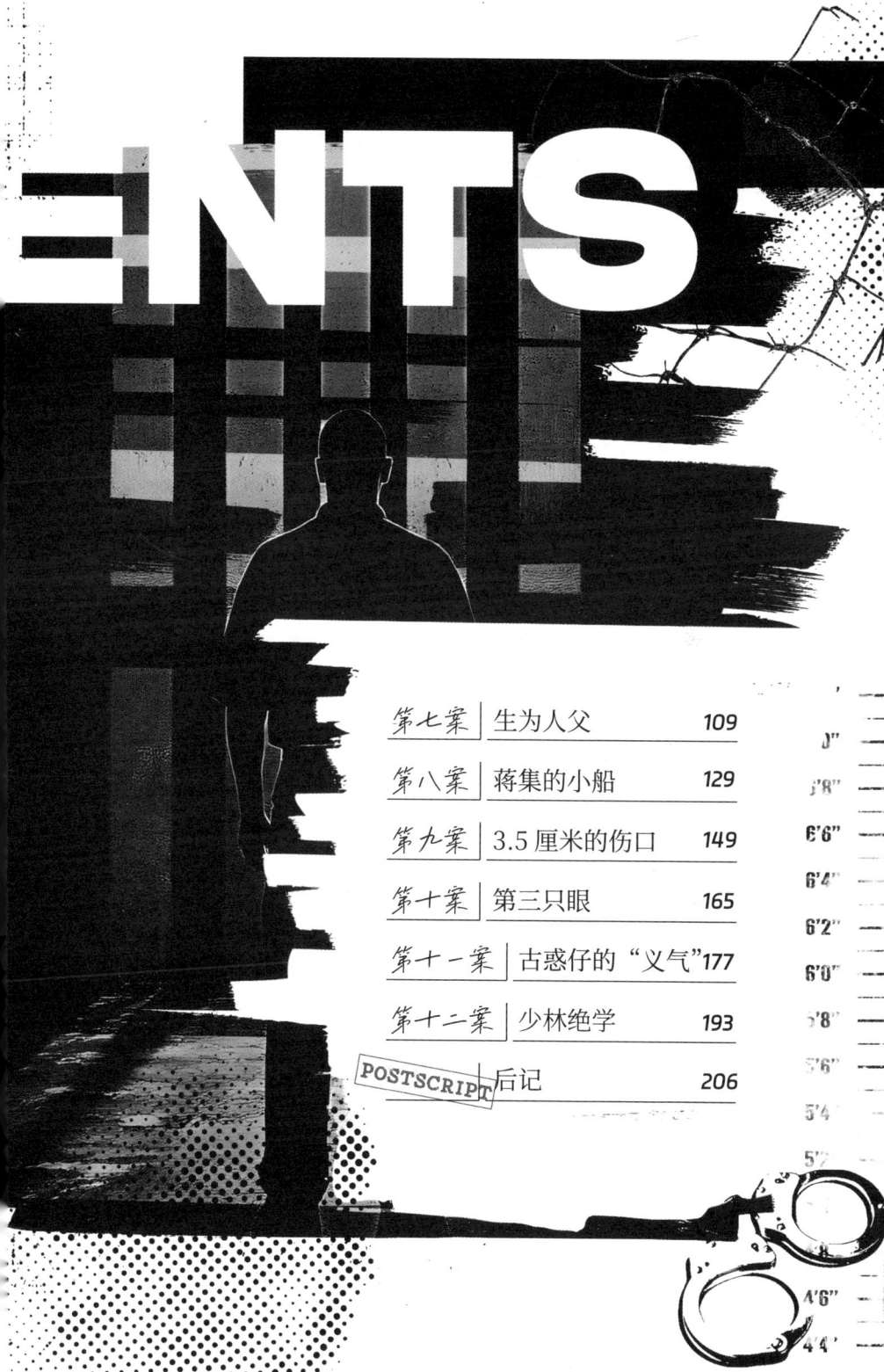

第七案	生为人父	109
第八案	蒋集的小船	129
第九案	3.5 厘米的伤口	149
第十案	第三只眼	165
第十一案	古惑仔的"义气"	177
第十二案	少林绝学	193
POSTSCRIPT	后记	206

前言

今年是我在监狱工作的第十年。

岁月匆匆，白驹过隙，可尽管过去了那么久，我还清晰地记得2014年秋天的那个下午，我第一次惴惴不安、满心惶恐又充满好奇地踏入监狱大门。

那是一个劳务监区的车间，所有被招录的新警察第一次被安排进去参观。阳光从高高的铁窗斜射进来，空气中满是密布的灰尘，巨大的机器轰鸣声伴随着布料的裁剪声，高音喇叭里放着亢奋激昂的歌曲，一个个身穿蓝白囚服的囚犯有条不紊地在流水线上做着工，这和欧美电影或者港台片《监狱风云》里的完全不一样。

在这之前，我是一个新闻与传播学院的大学生，习惯了扛着摄像机走街串巷、采写编评和剪辑播录，动不动就在深夜的电脑前剪片子剪到头秃，整日与炸鸡可乐汉堡薯条为伴，那才是我的生活。我从没想过有朝一日，自己会穿上警服，来到这么一个肃穆而危险的地方工作，像是人生的列车，突如其来地拐向了另外一条截然不同的轨道。

就这么平平淡淡地上了三年班，忽然有一天，我感觉自己的写作瘾犯了。

让我第一次有难以克制地想要记录点什么东西下来的冲动，是缘于一个分到我手底下的新囚犯。他姓安，是北方人，犯了故意杀人罪，被判了无期徒刑。他是一个有些腼腆的、四十来岁的矮矮壮壮的中年男人，右手有残疾。入监的那个下午，他坐在小板凳上，跟我说了很久很久的关于他的故事。我听得很入神，从几十年前因为父母的疏忽，他被火烧伤了一只手开始，到后来他上学、辍学、打工、结婚、生子，到最后拿着一把菜刀，把妻子的情夫捅死在了他们私会的小旅馆的床上。

我记得他说话时的神色，很从容，带着些不好意思，说到自己努力学技术、开吊车，赚了不少钱回家盖房子的时候，还带着某种淳朴的骄傲。但提到自己杀人的时候，他说自己知道妻子出轨后，足足有两年的时间，他去看过心理医生，求神、拜佛、找媒体报道，什么法子都用尽了，可妻子仍然天天对孩子不管不顾，只想和情夫风流快活，而他却日复一日地越来越走不出心里的那道坎。他说得很细很细，像是想借着这个机会，把自己郁结在心里几年的心事一吐为快。

我听着他的故事，像是看完了一场漫长的电影。

那一刻，我忽然生出了一个念头，或许我可以写一些东西，关于这些犯人的故事。

他们中有些是天生的穷凶极恶，有些是被逼到走投无路，可更多的和普通人没有任何区别，只是在人生的某个十字路口选错了方向，才犯下罪行。

于是《狱警手记》这本书，或者说最早的《狱警往事》这个系列的专栏故事应运而生了。

当然，出于保护隐私和职业要求考虑，这本书并非一本纪实作品，而是根据囚犯们的犯罪事实改编的系列小说，尤其在部分重要细节上多有删改和模糊。还望读者们不要见怪，只当作是一些散佚的都市小故事，权作一听即可。

——北邙 2024.11.15

第一案

死刑犯的最后一晚

/ CHAPTER
01

死刑犯的最后一晚

#01

临刑前的最后一晚，民警问王明伟还有什么心愿。

王明伟说："不想吃，不要喝，不想见家人，只有一个问题想问。想不通这件事，我死不瞑目。"

民警说："你问吧。"

王明伟说："你们到底是怎么找到我的？"

王明伟说他从来都不信什么天网恢恢，疏而不漏。那年他犯事之后就远走高飞，名字改了，身份改了，躲了整整22年。他上街买菜，结婚生子，甚至中途还坐了三年牢。在牢里，那些狱警都没能发现他的真实身份。

刑满释放，他一只脚刚踏出监狱大门，就被摁在了地上，被警察带走提审。

从讯问、判决到执行，速度快得跟坐火箭似的。他甚至都还没能反应过来——明明是刑满释放，怎么转眼就要被执行死刑了？

他不服。

民警深深地看了他一眼，什么也没说。

我后来听说，王明伟被枪毙倒下去的时候，眼睛瞪得大大的，应了他自己的话——"死不瞑目"。

不知道是不是巧合，就在他被行刑的那个晚上，我们监区里有个叫陈锐的犯人，辗转反侧做了一晚上的噩梦，后来生了大半个月的病，拉肚子拉到下不了床，整个人都瘦脱了相。

陈锐后来跟我说，那天晚上，他梦到王明伟回来找他，死死地抓着他的手，脸色惨白，两眼血红，不停地重复一句话：

"老陈，到底是谁出卖了我？到底是谁？"

#02

2019年夏，某天傍晚。

403监房的犯人陈锐，在吃饭的时候小心翼翼地来找我，说要举报揭发。我不动声色地让他先回到监房去，不要引起其他犯人的注意。

到了晚上统一休息的时候，我装作整理档案，让小岗去找陈锐，喊他来我的办公室，说有些信息要跟他重新核对一下。

陈锐很快就到了。我让小岗先出去，然后关上门，给陈锐倒了杯水。

"说吧，你要举报什么？"

陈锐支支吾吾，脸色有些犹疑，问我如果举报属实的话，能不能给他申报减刑。

他这么一问，我心里就有数了。

前不久，他收到家里的来信，说他老婆病重，是恶性肿瘤，发现的时候已经是晚期，怕是活不了太久。他是寻衅滋事进来的，被判刑四年半，余刑还有一年多，按照正常情况，他老婆大概是等不到他出去了。所以我估计，他想要通过检举揭发申请减刑，争取能赶在老婆去世之前，出去看她最后一眼。

"这个要看你检举的内容了，如果属实，而且情节严重的话，属于重大立功表现，是有机会减刑的。"

"那，不会有人知道是我举报的吧？"

"放心，整个流程严格保密，不会让任何人知道是你检举的。"我大手一挥，斩钉截铁。

"那就行，我举报王明伟。"他脱口而出。

王明伟？我记得这个犯人。

那是个四十多岁、老实巴交的中年农民，因为偷电瓶被人逮住入狱，刑期不长。他不太爱说话，在监狱里的表现一直不错，还有不到一个月的时间就该刑满释放了。

陈锐和他的关系一直很好，两个人在监房里是上下铺，平时吃饭劳动都在一起，形影不离。

如果是别人的话，我还有些兴趣，可是王明伟马上就快刑满释放了，平时也没什么恶劣的事迹，顶多就是违反规定私藏一些生活用品之类的。我顿时兴致索然，拿出纸笔问："你要举报他什么？"

但陈锐的下一句话，直接让我头皮炸开了。

"王明伟以前杀过人！"

#03

陈锐说，他怀疑王明伟有问题已经很久了。

一年多前，他们两个人在劳务组干活。

我们监区是老病残犯监区，劳动任务相对较少，所以能够赚分的岗位不多。陈锐有一只手断了三根手指，而王明伟则患有高血压、心脏病。两人都四十来岁，在我们这儿的犯人中算是比较健康的了，所以平日里负责打扫卫生、推饭车、倒垃圾之类的工作。

有一次分饭的时候，王明伟和403监房的谢子起了争执。

谢子是监区里出了名的狠角色，以前是放高利贷的组织头目，讨债的时候把欠债人关起来，一不留神把人弄死了，被判刑进了监狱，平日里其他犯人都怕他三分。

那天的菜不错，谢子喜欢吃，嫌王明伟给他分得太少了，两个人就起了口角。

没说两句，谢子一巴掌打在了王明伟的脸上，还冲他吐了口痰。一旁的陈锐一边呼叫民警，一边牢牢按住被激怒的王明伟，不让他跟人动手。

当值班民警到场之后，严肃批评了谢子，给他扣分记过，警告处理，让捂着脸的王明伟去洗漱间冲洗一下。

陈锐说，当时他陪着王明伟去的洗漱间，王明伟的脸色铁青得吓人。陈锐就劝他，说大不了下次离谢子远一点，那种人手上沾过人命的，都是狠角色，惹不起总躲得起。结果当时王明伟脱口而出："谁没杀过人似的！"

陈锐吓了一跳，当时就把那句话记在了心里。

之后很长时间，王明伟都没有再提过这件事，陈锐只当是王明伟当时受了欺负，发狠吹牛，没有当真。可是随着两个人越来越熟，陈锐越来越觉得王明伟身上藏着秘密。

陈锐说，起码有三个地方，王明伟表现得很不对劲。

第一，王明伟说自己是本地人，前半辈子在家务农，后来进城打工，娶妻生子，从来没有离开过本地。可是有时候在监房里闲聊，他对南方尤其是广东那一带的习俗侃侃而谈，非常熟稔。他总说是听人说的，有亲戚在那儿。

但是陈锐仔细观察后觉得,王明伟的身上带着南方人的生活习惯——比如一些不自觉蹦出来的口音腔调,饮食上的细微偏好。

还有一次,监狱里放了一部20世纪90年代的港片,里头有好几个粤语梗,翻译成普通话之后,笑点就没了。大部分犯人都看不明白,只有王明伟咧开嘴,笑得很开心。

陈锐觉得,王明伟一定在那儿生活过,可是不知道为什么,王明伟从来都不承认。

第二,王明伟有几次不小心说起,他姐姐曾经怎么样怎么样,但是后来亲属会见的时候,陈锐问王明伟,是不是他姐姐过来了,他却矢口否认,说陈锐记错了,他从来都没有什么姐姐。

第三,两人在狱内混得很熟,称兄道弟的,约好出去之后还是一辈子的兄弟,一起在外头打拼一番事业。陈锐说他在外头有些路子,可以做点类似于看场子和走私的生意,但是王明伟却死活不愿意干这行。陈锐看得出来,王明伟很缺钱,也很想赚钱,但是他只要一提到容易被警察盯上的灰色行当,王明伟就明显地抗拒。

再结合王明伟脱口而出的"谁没杀过人似的",陈锐觉得,王明伟一定有问题。

本来,陈锐也不打算举报王明伟,可是现在,为了减刑,他顾不上这么多了。

听完这一番话,我坐在椅子上目瞪口呆。我怎么也没想到,简简单单的一个举报,竟然牵连出了这么重大的情况。

这线索说起来可大可小。往小了说,这些都是陈锐一个人的猜测,没有任何真凭实据,甚至可能是他为了获得减刑,故意拼凑出来的。往大了说……如果,如果是真的呢?

一想到这种可能性，我背上就渗出了冷汗。

我让陈锐先回去，交代他千万把牢口风，不要让任何人知道他今晚找我说了什么。

他离开之后，我没有丝毫犹豫，拿着记录下来的材料，走进了监区长老林的办公室。

#04

很快，这条线索就被整理成了纸质材料，从监区、监狱到省局，层层向上汇报。

省局收到线索之后，非常重视，立刻着手进行研判。在省局的牵线搭桥下，我们和王明伟户籍所在地的派出所取得了联系。

一番比对之下，我们发现了一个匪夷所思的事实。

我们监狱里关押了这么久的这个人，竟然根本不是什么王明伟！

真正的王明伟，早在十多年前就失踪了。

#05

当地派出所声称，王明伟是他们村子里的一个农民工，2002年的时候外出务工，之后就音信全无。他家里只有一个母亲，在他外出没多久也因病去世了。

由于没有人报警，当地村委会也没跟进情况，王明伟的身份就一直处于某种微妙的空白状态。

当地人都知道他已经失踪多年，可警方的资料库里，始终没有把他列入失踪人口。

我们把王明伟的照片发送过去之后，当地派出所很快回复，说比对了照片，又找了当地一些认识王明伟的人核对，都说长得不像，这个"王明伟"大概率是冒名顶替的。

得知这一情况后，我们迅速和逮捕王明伟的地方派出所取得了联系。

经了解，这个"王明伟"长年在该市以打工为生，没有结婚，只有一个有同居关系的女朋友。目前无法确认他来到该市定居的时间，只能大概推测，在2000年以后，2005年以前。

为免打草惊蛇，我们没有立刻提审"王明伟"，而是将他的资料和照片发给了省公安厅相关部门，请他们将其与通缉资料库里的在逃犯信息进行比对。

根据我们猜测，这个"王明伟"冒充他人身份生活长达十数年，最大的可能，就是他的真正身份是一名在逃通缉犯，所以不得不偷取他人身份为生。

大概一个礼拜之后，省厅传来了消息。经过比对发现，这个"王明伟"和一名在1997年犯下重大轮奸杀人罪行的在逃犯——林中，相似程度极高。

#06

1997年夏，某日晚9点多。

一对年轻的大学生情侣，趁着夜色在湖边谈情说爱，气氛旖旎。

这时，远处晃晃悠悠地走来了三个人。他们浑身酒气浓烈，不知道喝了多少，路过这对小情侣身边的时候，小情侣不约而同地捂住了鼻子，停下了窃窃私语。

三个人却没有离开，反而借着酒劲蹲到了小情侣的边上，跟他们搭起话来。

三个人年纪都不大，说起话来流里流气，甚至还动手动脚。他们语气轻浮地问这对情侣有没有结婚，知不知道光天化日之下，他俩的行为有伤风化，还自称是什么风气纠察大队的，要把两人带去树林里"处理"。

这种一听就是醉话，小情侣没有当真，十分厌恶地站起身来准备离开。可其中一个人却伸出手，拉住了那个女生。

男友血气方刚，哪能让女朋友受这种委屈，当场挥着拳头，跟他们打在一起。

可学生终究不是这些流氓的对手，加上三人喝了酒，没轻没重，很快，男生就头破血流地倒在了地上。

女生想要尖叫求救，却被捂住了嘴巴，拖进了湖边的小树林里。

三人本来不打算管倒在地上的男生，但是其中一人提议，说"当着这软蛋的面欺负他女朋友更刺激，而且留他在外头可能报警"，于是他们拽着男生的腿，同样把他拖进了树林里。

就这样，当着男生的面，他们开始撕扯女孩的衣服……男生目眦欲裂，想要反抗，却被反复打倒在地。

那天晚上，男生不知道到底受到了多少折磨。尸检报告显示，他身上光割裂伤就超过 15 处，其中 3 处伤口极深，身体各个部位都有被钝器殴打过的痕迹，双臂骨折，手掌上有贯穿伤，后脑勺亦被重击，脑袋上开了一道大口子。

三人就这么一边折磨男生，一边在女生身上发泄着……

天色越来越黑了。

几个小时之后，他们终于精疲力竭。

酒劲散去，理智渐渐恢复。看着躺在地上已经被折磨到几乎不成人形的年轻情侣，三人对视一眼，做了一个残忍的决定。

他们活生生地勒死了女生，然后把这对情侣的尸体一起扔进了湖里。

三人趁着夜色匆匆离开，从此远走高飞。

#07

几天之后，学校发现两人失踪，这才报警。

那个年代，没有铺天盖地的摄像头，没有完善的信息查询设备，等到警方从湖中打捞出两人尸体的时候，事情已经过去了一个多礼拜。

尸体在湖里受到严重的破坏，几乎没有留下任何能指认凶手的痕迹。

这起案件性质极为恶劣，加上受害人又都是学生，省里高度重视，成立了专项调查小组，开始对案件进行侦破。

一个多月后，第一个犯罪嫌疑人落网。他是本地的一个混混，犯罪后怀有侥幸心理，躲了一段时间后，发现风声似乎没那么紧了，于是又回到了家里，却不知道警方早已经将他列入了重点怀疑名单。经过逮捕审讯，他很快承认了罪行。

根据他的证词，警方锁定了另外两名犯罪嫌疑人。然而就在调查的时候，警方发现，另外两人早已经逃之夭夭。

警方立刻下发通缉令，将两人列为在逃犯罪嫌疑人，进行全国范围内的通缉。可两人仿佛人间蒸发了一样，始终杳无音信。

警方数次排查后怀疑，两人可能换了假的身份，隐姓埋名过活。

终于，在警方持之以恒的密切关注下，2005 年，其中一名在逃犯罪嫌疑人落网。

被逮捕之后，他对自己的罪行供认不讳，可他也不知道最后那个人究竟逃去了哪儿。

他的口供和之前的第一名犯人吻合。他俩均供认那名和他们一起犯案的，是当地的一个大混混，叫林中。

林中，1975年生，小学学历，无业，平时在本地混迹，靠收保护费和帮人打架为生。他的父母都是普通的农民，家中还有一个姐姐，也没有读书，在家帮忙务农。

警方对林中的家人进行了问询。得知案发当晚，林中回过一趟家，拿了2000块钱和一些换洗的衣服，也没说什么事情，就匆匆忙忙地离开了。

从此，林中再也没有回来过，也没有跟家人有过任何联系。

之后的十几年间，林中的个人信息一直在警方的通缉库中，可是他像是彻底失踪了一样，没有留下任何线索。

一年又一年，连许多当时办案的民警都快要放弃希望了，觉得林中大概是在逃亡的过程中死了。

而这起案件，也成了公安部门的一件悬案。

#08

得知"王明伟可能是在逃犯罪嫌疑人林中"之后，警方当即和林中的家人取得了联系，将狱中"王明伟"的日常照片和书信拿去给他们辨认。

经过辨认，其父母确认，这就是他们失踪多年的儿子——林中。

民警又找机会获得了"王明伟"的DNA，与林中的家人比对，最终确认，"王明伟"就是林中。

而此时，距离"王明伟"刑满释放，还有不到10天的时间。

为了防止他在真相暴露之后行为过激，也为了程序方便，经过有关部门商议，决定在"王明伟"刑满释放当天，于监狱门口趁其不备，实施逮捕。

#09

"王明伟"离开监狱前的最后那个早上,咕噜噜一口气喝完了三大碗稀饭,吃了两包咸菜,抹抹嘴,一副意犹未尽的样子。

我端着水杯,坐在他的对面看着他。

入狱三年来,他的话一直不多,可在这个时候,他跟几乎所有犯人刑满释放前的状态一样,尽管努力做出平静的样子,但是兴奋之色挂在眉梢眼角,藏都藏不住。

"吃饱了?"我问。

"嗯。"他有些心不在焉,眼角瞥着墙上的钟。

释放时间是上午9点半,还有不到15分钟的时间。我注意到他的右手放在大腿上,手指无意识地快速敲击着,似乎除了兴奋之外,还有隐隐的焦虑。

"三年都熬下来了,最后几分钟,等不及了?"我故意跟他开了个玩笑。

他笑了笑说:"牢饭难吃。可不比你们是在这儿上班的,你们不懂。"

大概是因为马上要出狱了的缘故,他说话的语气不再跟之前一样带着汇报式的拘谨,而是显得随意了许多,甚至隐约带着一丝嘲弄。

说实话,我挺能理解他的心情。就像是游戏《狼人杀》里的最后一个晚上,他仍然隐藏得很好,甚至"杀"掉了最后一个"平民"。只要等到天亮,他就能悄悄地、不为任何人所知地获得最后的胜利。可他不知道的是,他的身份其实早已经被"预言家"验成了明牌。

他完全弄反了,究竟是谁在演谁。

这几年来,我释放过很多犯人。坐牢的时候,在高墙电网的强压之下,他们老实得像是一个模子里刻出来的,见到民警都充满了敬畏,

018

点头哈腰地打着招呼。而在刑满释放前的最后关头，失去了畏惧的他们，往往就会露出原本模样。

"王明伟"的表现也一样，莫名地让我有点失望。

作为一名潜藏了 22 年的重大杀人嫌疑犯，我原本以为他会更加低调隐忍一些。

秒针一秒一秒地走动，距离"王明伟"刑满释放还有 5 分钟的时候，小陈全副武装，一身警服笔挺庄严，从楼上走了下来。

我瞥了一眼他腰上鼓鼓囊囊的腰带，注意到他把平时从来没有配齐的警用六件套都给塞得满满当当。

"王明伟"似乎察觉到了什么，身子稍稍坐正了一些，狐疑地看着我们。

"那交给你去放人了。"

我若无其事，把签字的本子和释放证明递给小陈。

小陈点点头，然后冲"王明伟"扬了扬下巴："走吧，还等啥呢？"

"王明伟"却没动，他的眼神猛地阴沉了下来，像是一匹嗜血的孤狼，敏锐地察觉到了危险的气息。

"郑队……怎么不是你放我？"

"我今天值班，谁放你不一样，咋的，还对我有感情？"

他愣了一下，没接话。

我冲他笑了笑，然后没多说，摆了摆手，转身上了楼。

刚到二楼，我就一个转身，侧步冲进了边上的监控室里。

监区长老林、教导员文教，连带着几个警长，都站在监控墙前，神色严肃。监控大屏幕里，小陈正带着"王明伟"走出监区大门，走向监狱门口。

老林拿起了无线电对讲机："报告指挥中心，犯人'王明伟'，已经往监狱大门押送。"

"收到。"

大门外，两辆警车、六名荷枪实弹的特警，还有一队穿着迷彩军服、蓄势待发的驻监武警，早已经守在了那儿。

摄像头下，小陈不慌不忙，带着"王明伟"来到了监狱门口，和负责大门看守的同事与武警进行交接。

我的心几乎提到了嗓子眼。

大门缓缓打开，"王明伟"眯着眼睛看向门外，仿佛一只脚已经迈向了自由的世界。

下一秒，没有任何征兆，小陈和武警忽然一左一右地按住了他的胳膊。

门外一声暴喝，闯进几名特警，几乎是眨眼之间就将"王明伟"死死控制住，没有给他半点挣扎的机会。

"王明伟"的手脚拼命晃动着，他似乎在大声叫些什么。

可是喊什么都没有用了。

明晃晃的手铐铐住了他的手腕，几名特警同时摁着他，将他几乎是拖上了门外的警车。

这是我最后一次看见"王明伟"。

不久之后，听说他被宣判了死刑，立即执行。

#10

听说王明伟，也就是林中，在被逮捕之后，起初还试图狡辩，可在证据面前，不得不承认了自己的真实身份，也承认了自己在22年前犯下的残忍罪行。

他说，1997年那天晚上，他喝多了，和两个狐朋狗友"一时兴起"，等到反应过来的时候，他自己也吓傻了。

他自称之后的这 22 年里，没有一天不活在恐惧和惊慌之中。尤其是因为盗窃罪入狱之后，他无时无刻不在担心自己的真实身份被警方发现。

眼看着即将刑满释放了，他终于长舒了一口气，已经都想好了，这次被放出去之后，直接远走高飞，家也不回了，找个偏僻的小村庄度过余生。

可他没想到的是，自己的真实身份竟然早就被有关部门发现了。

他说，他不明白，如果早就知道他是在逃犯了，为什么公安要等到他刑满释放之后才抓他？为什么不给他一个痛快，在他入狱的时候就把他给办了？

没有人回答他。

因为没有人会告诉他，其实这么多年，他真的遮掩得几乎天衣无缝，而最后的暴露是来自他最好的"狱友兄弟"的举报。

#11

就在林中被执行枪决的时候，陈锐如愿以偿地得到了一次额外的减刑。

不仅如此，鉴于他的重大立功表现，监狱给他特批了一次离监探亲的机会，准许他在民警的看押之下离开监狱，回到老家医院里，看望他病重的妻子。

那次押解任务由我和小陈一起执行。

回来的路上，陈锐显得十分消沉，我们在医院里都看出来了，哪怕他争取了减刑，这次估计也是他见妻子的最后一面了。

他妻子已被病魔折磨得不成人形，撑不了太久了。

快到监狱的时候，陈锐忽然开口问我："郑队……王明伟，现在他怎么样了？"

他的声音有些发虚。

其实他心里知道，他的举报被评为"重大立功表现"，监狱甚至破例允许他监外探亲，个中原委早已不言而喻。

他或许只是想求个心安。

于是我告诉他，不要有什么心理负担，他的举报非常及时，"王明伟"的真实身份是一个潜逃了二十多年的非常残暴的强奸杀人犯，犯下的罪行残忍到令人发指。这次终于把他抓获，总算给了受害人交代。当年受害人的家属们，也都算是了却了一桩多年的心结。

陈锐像是听见了，又像是没听见，眼睛直勾勾地盯着地板发呆。

过了一会儿，他忽然又问道："那……那他是加刑了吗？还会回咱们这儿继续蹲着吗？"

他抬起了头看着我，表情有些惶恐，又有些期待。

我没有说话。

他似乎忽然从我的表情里明白了什么，双手握拳，猛地一下抓住了衣角，脸色更加苍白了几分。

之后的一路，他一句话都没有说。

回到监狱之后，他沉默寡言了很多，再也没有了以前的气色和神采，不久之后，又生了一场大病。

听别的犯人说，从那之后，陈锐总是孤零零的，一个人打饭，一个人叠被子，一个人干活，再也不愿意接触任何"朋友"了。

022

第二案

一双筷子

/ CHAPTER
02

第二案

一双筷子

接下来要说的这个犯人,由于智力低下,被人教唆犯案,被判入狱两年半。其实他人并不坏,却遭遇了来自父母的最大"恶意"。即便是在这个集合了各种"恶"的监狱,依旧让我深刻体会到了人性的凉薄。

#01

亮子坐在不锈钢饭桌前啃鸡腿。

他没有筷子,用一张面巾纸抓着吃。黏稠的黄色鸡油顺着手腕滴在他的衣服上,他却像是没看到一样。对面的老犯人看不下去,又给他抽了两张纸,示意他擦擦,可他没接。他专注地吃着手里的鸡腿,咧着嘴,油光满面。

在监狱里,鸡腿属于"劳动加餐",这玩意儿和香烟一样,只作为"奖励"发放。

亮子坐了快两年的牢,这还是他第一次吃属于自己的鸡腿。

之前同监房的犯人吃鸡腿的时候，他眼馋，跟人家讨过，可人家不给，还打了他的后脑勺一下，他一直记在心里。尽管最后他还是用了那个犯人碗里吃剩下的荤油蘸了馒头吃，可他最馋的，还是一个完整的焖鸡腿。

他所在的老病残犯监区，编号是十三，是监狱里三十多个监区中最特殊的几个之一，监区内很少有劳动任务，自然也很少有加餐。能吃到鸡腿的机会很珍贵，一般都轮不到亮子。这次是讨了个巧，既是运气，也是监区私底下安排的，算是圆了他的一个心愿。

"好吃吗？"亮子所在的监房小组长龚平，一个50多岁的胖子，站在饭桌边上问他。

亮子的嘴里塞得鼓鼓囊囊的，他好不容易才咽下去，然后抬起头，给了龚平一个阳光灿烂的笑脸："好吃。等我出去了，我让我爸请你们都吃！"

旁边一起吃饭的犯人们都笑了。

龚平也笑了。

"你是快出去了，我还有5年多呢，等再过5年，我出去了找你，你认不认我？"他故意逗亮子。

"认。"亮子笑得见牙不见眼，晃了晃脑袋，然后继续低下头，啃着手里的鸡腿。

这一天是2017年5月15日，距离亮子刑满释放还有7天。

#02

亮子23岁，又瘦又高，所以显得脑袋格外大，像是一根竹竿上顶着一个大茶壶似的。每次他摇头晃脑的时候，我都怕那个"茶壶"被一不小心给晃下来。

他是一年多前进来的，刑期不长，一共就两年半，罪名是盗窃。

他自己什么都没偷，是被别人忽悠了。别人用一顿肉夹馍作为诱饵让他站在路口，看到警察来了就招呼一声。他觉得不是什么大事，而且有趣和刺激，就答应了。

结果他就这么吃了三顿肉夹馍，给人放了三晚的风，没承想第三天晚上真遇到警察了，他大喊完后也不跑，觉得好玩得很，笑嘻嘻地站在原地看着，结果被警察喝住，当场被摁在地上拷走。

直到进了看守所被关了几天后，他才知道，那几个请他吃肉夹馍的"朋友"原来是去工地上偷电缆的，而他也就这么稀里糊涂地成了犯罪团伙中望风的那个。

所幸他是从犯，而且有病，所以从轻处罚。

亮子是真的有病，而且是重病。

老病残犯监区除了众所周知的老年犯、重大疾病犯、残疾犯这三类之外，还有第四类特殊犯人。这类犯人叫作"康复犯"，用通俗易懂的话来说，就是"精神病犯"。

亮子就是精神病犯。

他的病是天生的。正常人左右脑中间由胼胝体连接，形成一个整体，沟通两个半脑以便分工协作，可他的胼胝体却是断裂的。这种大脑器质性的病变导致了很明显的外在症状，就是当他跟人说话的时候，脑袋总会不由自主地微微左右晃动，一刻都停不下来。

他刚进监狱的时候，就有犯人看他这样说话嫌烦，摁住他的脑袋，让他不要晃着说话。可奇怪的是，他的脑袋只要停止晃动，他就不会说话了，只能直勾勾地看着面前的人，咧开嘴笑，一个字都说不出来。

老病残监区里鱼龙混杂，犯人们大多见怪不怪，初见时稀奇，等知道他的这个毛病后，便由得他去了。

当然，说话摇脑袋不算什么精神病，他档案上记载的真正病因是精神发育迟滞。

亮子打小就傻，小学留了两次级才勉强升学，初中就几乎算是没上完。他玩了几年后，随随便便参加了一次中考，算是完成了义务教育，此后就没有再读书，而是在社会上混着了。到进监狱的时候，二十多岁的人了，说话做事还跟七八岁的小孩一样，看什么都充满了好奇，成天咧着嘴傻笑。

进来后没多久，亮子便成了监区里的吉祥物，他总是很热情，没事的时候就站在监房门口，不知道傻乐些什么，看着来来往往的民警和犯人，大声地跟他们一个个打着招呼。

狱警们总是很喜欢亮子，他听话，不惹事，除了话多和嘴馋之外，没啥毛病。其实比起犯人，他更像是一个被误关在这里的孩子，仍然保持着简单淳朴的天性，没有善恶，也不懂好坏。

犯人们当中也有很多人喜欢跟他开玩笑，尤其是他的监房小组长龚平，那是一个五十多岁的老厂长，因为行贿罪被关进来的。他经常跟人说，亮子的年纪跟他儿子差不多大，可心智又跟他孙子差不多。他看到亮子，就跟看到自家孩子一样，能照顾就多照顾一点。

他的刑期比亮子长很久，有的时候他就逗亮子："里面住得舒不舒服？"

亮子点头："舒服。"

"怎么个舒服法？"

"不用干活，还有饭吃。"

"那你不走了好不好，留下来陪我，等我走的时候，把你一起带走。"

亮子的头顿时摇成了拨浪鼓："不成，不成。"

"为什么不成？"

"我想我爸。我要出去,我爸给我买新衣服。"

#03

亮子一个礼拜有六天都在念叨着他爸。

他说他没妈,从小跟着他爸过活,他爸对他可好了,什么都依着他。无论是好吃的、好玩的还是漂亮衣服,只要他要,他爸就给他买。

亮子臭美,跟个小孩一样,这毛病八成就是他爸给惯出来的。他刚进来的时候,办手续、学规范,什么都听话,可到了剃光头、换衣服的时候,却死活不同意。又是嫌弃蓝白条囚服太难看,又是说自己发型花了多少钱做的,不给剃,闹了大脾气,差点被压去严管。

后来还是在几个老犯人手里吃了点苦头,他才学乖,苦着脸乖乖让剃了头,又换了囚服。他一边换衣服的时候,还一边念叨着"你们要把我这鞋给收好了,这鞋贵着呢,我出去还要穿的。"

每个月 13 号是监区的会见日,亮子他爸常来,我也见过不少次。那是个很普通的中年人,穿着灰扑扑的老式西装,背有点弓,像是工地上常见的包工头一样,脸上没什么表情,但很显老态。他跟亮子的话不多,大部分时间都是亮子在噼里啪啦一直说着,他也不回话,只偶尔点点头,示意一直在听着。

他不像别的家属一样,会跟民警套近乎,说几句"拜托照顾我们家孩子"之类的话。他沉默得就像是一块岩石,每次都是一个人进来,然后一个人走,走之前倒是都会给亮子的账上打 1000 块钱。他一般两三个月来一次,这笔钱足够亮子在这期间的花销。

按照规定,会见时候的现场录音必须都由民警监听记录后,签字上报。我也听过亮子和他爸的对话内容,亮子总是跟他爸说一些监狱里的新鲜事,比如吃了什么饭,看了什么书,跟谁聊天了,谁谁谁走了,又新来了个什么样的人。有的时候他也会说到一些自己被欺负了的事，比如上厕所排队和打饭，他会当作是笑话一样地讲出来，说完了还一个劲儿地嘿嘿傻乐。他爸也不管，就这么沉默地听着，好像亮子讲出来的这些事情，和别的新鲜事并无二致。

他偶尔会和亮子说起一些家里事，我才知道，亮子有一个继母，还有一个继母带过来的弟弟，弟弟比亮子小三岁，有一个适龄的女朋友，已经在谈婚事了。亮子聊到这个话题的时候很兴奋，眉飞色舞地说等他出去了，他也要找一个好看的女朋友，跟他弟弟一起结婚。

他爸就只轻轻点头，不说话。

从那次之后，亮子就更喜欢照镜子，收拾自己的脸了。他皮肤白净，五官不算帅，但也不丑，就是眼神里透着天真的孩子气，不摇头晃脑说话的时候，还是有点招人喜欢的。

他常靠在门口，嬉皮笑脸地问其他犯人他帅不帅。龚平宠着他，大部分的时间都是笑眯眯地说帅，别人就不一定了。有的时候遇到脾气不好的犯人，还会给他后脑勺一巴掌，骂骂咧咧地走开。亮子也不生气，在监房门口探出半个身子，等着去问下一个人。

他说，他这么帅，出去之后一定要立马找几个特漂亮的女孩，带回家让他爸挑一个当儿媳妇。

#04

其实亮子在我们监区待的时间并不长。

一共两年半的刑期，去掉在看守所的时间，还有入监队个把月的集训，等他分到十三监区时，剩下的刑期也就剩下一年多。等到了余刑还有三个月的时候，监区还给他办了一次减刑。

监狱里的犯人有三件大事：行政奖励、劳动报酬、减刑假释。其中减刑假释是最重要的关卡，不仅犯人最关心，连民警都审核最严，生怕在这个流程中出什么差错。而减刑假释的相关政策又常常变动，每到这个时候，犯人们交头接耳，手里拿着一个小本子，跟炒股一样，其实就是在算着各自的减刑分数和本季度的政策调整。

亮子的刑期短，老病残监区的减刑名额本就有限，争的人又多，本来怎么都轮不着他。原本监区也没准备给他办理减刑，但提出这个建议的，是隔壁医院监区的院长。

那天下午，李院长拿着一份病历，亲自来了我们监区，敲开了监区长办公室的门，两个人在里面聊了很久，中间还把负责算分和做减刑报表的内勤小杨喊了进去，问了半天。

小杨出来的时候，挠着后脑勺，一脸迷茫。

我刚好在值班，就凑过去问他："出啥事了？"

小杨挥了挥手里的档案袋说："这个批次的减刑，老林要把亮子加进去。刚刚问我他的分数够不够，我算了一下，倒是刚好够得上减刑条件的。"

"怎么会无缘无故地给他减刑？他本来刑期就短，现在余刑只有三个月了……会有犯人说闲话的吧。"

小杨摇了摇头："我也不清楚，好像是李院长主动过来提的，问我们能不能给他办。"

果然，公示的时候，这个消息在犯人里引起了不小的骚动，好几个被刷下去没能得到这次减刑名额的犯人都来问为什么给亮子减刑，是不是公平合规。

监区长把这些议论都压了下去，却没给任何解释。

犯人里就开始沸沸扬扬地传，说亮子托了关系找了人，所以上了这次减刑的名单。不少动了别的脑筋的犯人就开始找亮子套话，问他家里人在外面找了什么门路，竟然能把他硬塞进这次减刑的名单里。

可亮子还是傻乎乎的，什么都不知道。他甚至对减刑也没有太大的感觉，这件事反而让他有些苦恼，因为犯人们都开始用审视的目光看着他，不再陪他聊天了。就算聊两句，大部分人也会阴阳怪气地把话题往减刑上扯。

后来还是了解他的龚平把他拽到角落里，就说了一句话，亮子的脸色就重新亮起来了。

龚平说："再过几天，你就能穿你的漂亮鞋子，回家见你爸去了。"

#05

亮子刑满出去的那天，是我把他送到大门口的。

亮子脱下穿了一年多的蓝白条纹囚服，换上了进来时候穿的卫衣和牛仔裤，花花绿绿的，显得整个人气色都好了不少。他还特地提前一天刷了他的鞋子，把鞋带规规整整地系好晾干，在一片晾着囚衣囚鞋的阳台上，那双红蓝色的球鞋显得格外显眼。

只是临出门前换衣服的时候，他又发了次小脾气，他嫌衣服小了，又旧了，没以前好看。

"衬不出我的帅。"他说，"等回家了，我让我爸全给我买新的。"

他自己就这么说着说着，心情就又好了起来。换好衣服，拿完材料，他开始兴高采烈地跟监区里每个认识的犯人挥手告别，尤其是抱了抱龚平，说等他出去，请他喝酒、唱歌。

龚平也喜气洋洋地拍着亮子的手，就真像是送儿子刑满出狱了一样高兴。

出了监狱大门口，已经有车子等在那儿了。亮子属于特殊犯人，不能让他自己坐车回家，按照规定是要"必接必送"的。不知道为什么他爸没来接他，那监狱就得派车把他送到他家里去，而且要和当地的社区矫正部门做好交接工作，刑满释放任务才能算是完成。

我本来想送亮子回去的，可是恰好那天我值班，只能交给了小杨。

亮子跟我告别的时候，还是摇头晃脑地笑着，摆摆手，冲我说："郑队，下次来我家，我请你吃饭。我爸做饭可好吃了，我让他给你烧鸡腿。"

这当然是不可能的，但是我也不想扫他的兴，就笑着点头说好。

送完他上车，从大门口回监区的路上，我刚好遇到了医院监区的两个同事。

"送刑满的出去？"他们跟我打招呼。

"对，亮子今天走。"

"哪个亮子？哦，是不是那个整天摇头晃脑，站监房门口傻笑的憨子？"

我点点头："对，本来他也没这么快走，但不是你们院长亲自来找我们监区长谈的嘛，才给他加到了这一批里。"

"还是老院长心软，要是我啊，才懒得管这事呢。"其中一个同事嘀咕。

"啥事？"我被勾起了好奇心。

"老林没跟你们说？"他摸了摸脑袋，"亮子不是上次来做体检嘛，他脑部病情恶化得蛮严重的，估计迟则一年，快则几个月，就不太能认得人了。这个病难治，他家里估计也是要放弃的，痴呆之后也就没两年好活了。院长心软，说这小孩也不是坏人，挺可怜的，趁着还认识人，早点回家里去，陪陪家里人吧。"

#06

那天下午，我接到了一个电话。

是从狱政管理科打过来的,打电话的人语气很急,点名道姓让我赶紧过去。

我吓了一跳,以为是材料上出了什么纰漏,匆匆地赶了过去。到了狱政科,发现科长带着两个同事,正凑在一起议论着什么,看到我来,连忙挥挥手,让我赶紧进去。

"怎么了?"我问。

"你们监区,是不是今天上午释放了一个犯人,叫亮子的?"

"对啊。"

"嘿,这家人真成,又把人给送回来了。"

"啥?"

我吃了一惊,科长冲走廊对面的办公室扬了扬下巴,我侧着身子看过去,发现门半掩着,里面还传来吵闹声。从门缝里看进去,正看到一个人抱着膝盖蹲在那儿,看模样就是亮子。

"怎么回事?"我连忙问。

"你们监区小杨不是把人给送回去了吗,他爸不肯要,把人又退回来了,现在正在陈监办公室吵着呢。"

"送回来干吗?"我摸不着头脑。

"他爸拿着判决书一口咬定,说他儿子判了两年半,结果坐了两年就回来了,是我们监狱有问题,必须得再把他儿子关半年才能放出来。"

"这不是办了减刑程序吗?程序公开透明的,给他看啊。"

"没用,人家不认,就只有一个要求,非得把儿子关进去才行。小杨送过去的时候他就不收,好说歹说给留家里了。但刚刚,他骑辆摩托车,大老远地过来又给扔监狱门口了,还准备扔完就跑,还好被巡查的武警发现,给留了下来。结果没过一会儿,他老婆也来了,现在正在闹呢。"

我探出半个身子，隐约能听到对面办公室里传来尖锐的声音，听起来应该是个女人。

"我不管你们监狱怎么办事的，我就认判决书！"

"你不要急，亮子在监狱里表现得好，这一批次减刑刚好轮到了，你看，这个是……"

"什么减刑？谁同意给他减刑了？你问过我们家里人没有？"

"减刑跟家属是没有关系的，这个取决于……"

"我不管你们这些乱七八糟的，必须关满两年半，他表现不好，你给加刑都行！"

"他表现得很好，这是每个月的记录，你看，都是加分，所以……"

"什么加分减分的，不都是你们监狱说了算！我跟你说明白了，我们家不要这个扫把星，你赶紧给关回去，谁爱要谁要！"

亮子就这么蹲在房间的角落里，头也不摇了，脸上的笑容也没有了，大半张脸埋在膝盖里，身上的衣服沾满了泥灰。

"为什么？"我回头问。

"讹钱呗。不知道这家人从哪儿听说，亮子没几个月好活了，就想让他死在监狱里，然后跟监狱要一大笔赔偿款。他家不是还有一个儿子准备娶老婆了嘛，就差个婚房了。"老科长撇了撇嘴，"我们都跟他们说了，医院也做过检查，就算再关个半年也死不了，只是会变痴呆。可他家里人不承认，也不听，就非得把他送回来关着不可……"

我不由哑然。

"亮子在监区里是老田分管的，他人不在，小杨上午又跟他们打过照面了，你也是内勤，等会儿拿着材料，就说你是亮子的分管警长，去跟他家里人沟通一下。多说说亮子在里面的表现，为什么减刑，争取解释清楚，让他家里人把他给带回去。"

"能有用吗？"我有些迟疑，对面办公室的吵嚷声越来越大，显然已经不是能讲道理的时候了。

"也没别的办法了，去试试吧。"老科长叹了口气，"不过就算是给带回去了，估计也没什么好日子过，他们家里的饭桌上啊，看来是多不下这一双筷子了。"

后记

最后亮子还是被他家里人带走了。

准确来说,是监狱答应给亮子一笔生活补助,并警告他的继母,如果再继续闹下去,就是妨碍公务的违法行为,要追究法律责任的。一番软硬兼施下,她才不情不愿地松了口,接亮子回了家。

那已经是两年前的事情了,从那之后,我就再也没听说过亮子的任何消息。

监狱里的一切照常运转着,他存在的痕迹被消除得一干二净,只有逢年过节的时候,龚平会偶尔想起他来,笑眯眯地跟别的犯人说:"也不知道亮子现在混成啥样了,等我出去,他还欠我一顿酒呢。"

可亮子大抵是已经不在了吧。

第三案

怕"鬼"的自首犯

/ CHAPTER
03

第三案

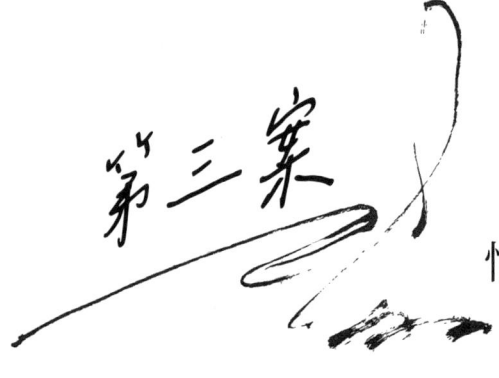

怕"鬼"的自首犯

#01

你信"鬼"吗?

作为一个坚定的唯物主义者,我对鬼神传说很感兴趣,可要是说信不信,肯定还是不信的。

可有人信。

不仅信,而且敬、怕,怕到宁可主动自首,躲进监狱,只为服刑坐牢求个心安。

他说,他在外头睡觉,每天晚上一闭眼,就听到那个"小鬼"在他耳边哭。

#02

2017年6月的一个早上,我刚进监区,就看见内务组的几个犯人在我的办公室里忙来忙去的。

内勤小杨站在一边,手里捧着一本书,看得津津有味。

"干什么呢？"我问。

他把书冲我扬了扬，我看见黄色的封面上印着五彩斑斓的佛像和虹光，边上有一排大字：占察善恶业报经。

我再转过头去，发现墙角堆着厚厚一摞，可能有上百本，几个犯人正在忙忙碌碌地拆着麻布捆绳，把书从里头取出来摆齐。

"监狱统一买的？"我也顺手拿了一本翻起来。

"不是，寺庙捐的。"

我愣了一下，问道："平时都是看信徒给庙里捐东西，这头一回见着反过来的。给我们捐这么多佛经干啥？"

"宣教科搞了个活动，请两位大师进来讲课，在监狱电视台里放，说试试效果，用佛法感化改造犯人。大师就给我们监狱的犯人一人送了一本，说是'教材'。"

我看着佛经里文绉绉的古文，忍不住笑着说："咱们这些犯人里头，小学文化是标配，初中算是高等教育，要是读过高中，就算得上是拔尖人才了，不识字的比比皆是……这经书我都看不明白，给他们看？"

"任务，任务。"小杨也跟着笑了笑。

当天晚上，我正好值班，七点半一到，按照要求，所有犯人准时搬着小板凳在大厅里集合，统一学习观看佛法教育的电视课堂直播——我们监区有些特殊，部分犯人不仅没有来听，反而特地安排了狱警守着，不让他们知道这件事，生怕受刺激发病，比如411监房"神仙窝"的那个精神分裂的怪人，还有监区长特地交代的413监房的宋勇。

大厅里的电视是个大背投，平时经常放五禽戏、八段锦之类的广播操，让我们监区的老病残犯跟着跳跳，节假日的时候也会放电影。可是用来上课，这还是头一回。

宣教科的陆科长坐在左边，中间和右边都各是一个穿着灰色僧袍、戴着眼镜的四十来岁的和尚。中间的那个矮胖一些，一开口，是地道的本地口音——

"今天啊，我给大家来讲一讲这个佛法，什么是佛法呢……"

不到三分钟，就把我给听困了。

放眼望过去，一百多个犯人，大部分都垂着头，别说感化教育了，能听进耳朵里的都屈指可数。

只有最右边一排坐着个老头，挺直着腰，甚至还在本子上记记画画，听得全神贯注，就像是一个差生班里鹤立鸡群的学霸似的，看起来格外显眼。

我瞅了半天，竟然没认出来那是谁。

"喂，老田。"我用胳膊肘捣了捣旁边打瞌睡的老狱警，"喏，那边那个，记笔记的老头是谁啊？"

他眯着眼睛瞅了一眼，嘟囔道："姓黄，上个月才进来的。你那天休息，估计没见过。"

我想了想，确实对这个新犯人没啥印象，就没有再往心里去了。

#03

上完课后的第二天，监狱出了新的要求。每个监区必须推举一名犯人作为"学习代表"，平时负责收发佛经读物和上课通知，还要写学习心得和记录，投稿到监狱报纸和电视台，一经采用，犯人和监区都会有加分。

我们监区情况特殊，没有劳动生产任务，平时加分的机会少，所以监区长老林对这件事颇为重视，特地开了个小会。

照他的意思，一个代表肯定是不够的，干脆在监区里搞一个学习小组，几个犯人一起写稿，争取多上几篇，给监区多加加分。

040

犯人里头的文化人不多，满打满算只列出了三四个名字，老林对此结果不是很满意。

正搜肠刮肚想着还有哪个犯人可以写稿的时候，我忽然灵机一动，想起来昨天晚上听课时看到的那个新来的老头。

"老林，上个月刚来的，姓黄的那个老头，昨天我看他听课挺认真的，他是什么学历？"

老林对这个犯人显然也有点陌生，转过头看向身边的文教。

文教平日里主管犯人的思想教育，对他们的资料最为熟悉，他眯着眼想了一下，说："还真行，他的学历是初中，但我跟他谈过几次，说话有理有据的，入狱前是开公司的，肚子里有点东西。"

"成。"老林当即拍了板，"加上这个老黄，把学习组给好好搞起来。"

没想到的是，监区同意了，却在老黄那儿碰了壁。

他不愿意。

我是后来听说这件事的，说内勤小杨找他进学习组的时候，他死活不同意，左推搪右推搪。小杨没办法，报告给了文教，文教亲自去劝说，还是没用，气得文教火冒三丈，在办公室拍着桌子要扣他分。

我第二天上班的时候，正好遇见文教又在办公室里嚷嚷。

"……这个老黄，软硬不吃，我看他笔记本上记得密密麻麻的，让他写个心得，就是死活不愿意，头摇得跟拨浪鼓似的。"

我忍不住笑道："马憨子这么难搞，都没能难住你，让一个老黄写个学习心得，就这么难？"

文教冲我一瞪眼："你有能耐，你去！"

我眨眨眼，问："他大账上钱多吗？"

"家里开公司的，说身家千万，你说呢！"

"扣他劳动奖励，不给他烟抽。"

"人家戒烟了。"

"跟他说，不服从监区管理，是要扣改造分的，对减刑假释有影响。"

文教冷笑两声："你以为这话我没说过？你猜那老黄怎么说？"

"怎么说？"

"他说他就是冲着坐牢来的，让他出去，他还急呢。"

我一听愣住了。

"不信你去问！他自己说了，就要坐满两年半的牢，早一天他都不出去。他不是来服刑的，是来赎罪的。"

#04

那天上午我去监房，特地找老黄谈了一次话。

仔细看时，才发现他是一个精瘦的老头，看上去六十多岁，眼窝又深又大，两只眼睛湛然生光，看上去精神矍铄，气色比我都还好几分。

"老黄，是吧？"我搬了张凳子，坐在他对面。

他大概不知道我叫什么，一时间没法称呼，只能站起来点点头，说："警官好。"

"坐下来，坐下来说。"我摆了摆手，"我过来也没啥别的事，就是想问问你，你为啥不肯加入那个学习小组，写写学习心得呢？"

他摇摇头："警官，文教都找我说过了，但我不想加入，这个应该不是法律规定我服刑的改造任务吧？"

"不是，不是，单纯是监区的任务。"

"那就行。我尊重监区的各位警官，也希望你们可以尊重我一点个人的小小意愿。"

得，两句话一说，大概就看得出来，真跟文教说的一样，是个油盐不进的角色。但越是这样，我就越好奇了起来。

"老黄,你知道监区为什么选你进这个小组吗?"

"不知道。"

我指了指自己的鼻子:"我推荐的。"

他的眼神有点疑惑,似乎在回忆是不是以前认识我。

我笑了笑:"不为别的,就是那天晚上上课的时候,看你听得最认真,也记得最认真,你对佛经感兴趣吗?"

他没有否认,点了点头。

"以前就感兴趣,还是进来后才有兴趣的?"

"以前听人说,不信。后来出事了,信了,人也就进来了。"

"你是犯了啥事进来的?"

"交通肇事。"

我心里顿时隐隐觉得不妙。

交通肇事这个罪名,看起来不起眼,实际上大有内涵。

跟盗窃、故意伤害、聚众斗殴、贪污受贿……这些罪名不一样,一般情况下的交通肇事,大部分都会按照交通事故正常走流程处理,很少会上升到"犯罪"的高度。

所以一般以这个罪名进来的,那都不是一般的交通事故。

之前在入监队的时候,我接触过一个犯人,四十多岁的小老板,深夜跟客户喝酒,喝了一斤多白的,摇摇晃晃非得自己开车回去,结果一路飙上170码,回到家里倒头就睡。第二天是被警察找上门直接拷走的,等他酒醒后一看监控录像,自己吓得差点尿出来——在城市道路上超速行驶,被交警拦下,结果不仅没有刹车,反而一脚踩下油门直接连撞交警、辅警二人。交警当场身亡,尸体还被拖行了上百米。辅警运气好,捡回一条命,但也是高位截瘫,落下终身残疾。

进了监狱里,没人因为你是什么罪名就歧视你,可凡事也都有例外。

043

自从那个小老板进来之后，但凡知道他犯了什么罪的民警，没有一个给他好脸色的。

同是干警察这行的，谁不替那个无辜惨死的交警心疼？

所以听了老黄这个罪名，我心里就隐约有点数了。

"出人命了？"

他沉默半天，点了点头。

"喝酒了？"

他叹了口气，眼睛里的光也不见了，就这么低着头，又点了点。

我素来对酒驾深恶痛绝，更不要说酒驾致人死亡的了，顿时对老黄没了半点好感，也不想再劝了，语气一下子冷了下来，说："人既然都进来了，就在里头好好改造，别想什么有的没的了。"

他又点了点头，终于开了腔："警官，你放心，我进来就是赎罪来的，一定遵守监规纪律，好好改造。"

看他态度诚恳，我也不好多说什么，顿了一下，随口问道："出的啥事啊，死了几个？"

"……就普通车祸，死了一个。"

"死的是什么人？"

他没有再说话，低着头，双手十指绞在一起，就在我以为他不打算回答，准备起身走了的时候，他才低声木讷地说了一句："一个小孩。"

"听说才一岁多点，我也没见着长什么样子……就给烧成了炭。"

#05

那天下午，老黄给我讲了一个故事，关于一场车祸的故事。

他拜托我，不要跟监狱里别的犯人说。他说，他想求一个心安，怕别的犯人看不起他。我心里想，就咱们这儿，关着的比你狠恶十倍、下

044

作十倍的犯人都多的是，谁看不起谁呢？不过犹豫了一下，我还是点了点头，答应了他。

之后的一段时间，我一直留意老黄。

监狱里的生活跟军营有些相似，晚上早睡，早上早起，起床后要集合整队报告，内务卫生三天两头检查，毛巾、水杯都要摆成一条直线。有过当兵经历的犯人，来到这里不仅不会难受，反而会感到有种说不出的亲切。

老黄年轻的时候当过民兵，纪律、内务这些都不在话下，唯独和别的犯人不一样的一点是，每天早上起床之后，他要念一会儿经。

我看过他念经时候的样子，闭着眼睛，盘腿坐在床上喃喃自语。犯人进监狱都要剃光头，反而让他真有了几分出家人的模样。他的面前除了监狱统一发的《占察善恶经》之外，还有他自己带进来的一本《法华经》。他就这么坐在那儿，眼角的深纹如刀削斧刻一般，好似一个千里迢迢奔波的旅人，终于回到了心安的家乡，抬起头时，已是风尘满面、两鬓如霜。

除了念经的时候，他和旁人没有什么两样，每天基本就是劳动、学习、看电视。他很少参加娱乐活动，不打扑克，也不抽烟，休息的时间大部分都在看书，很少和旁人说话。

后来，他的儿子带着家人来看过他一次。他在玻璃窗这边显得很平静，告诉家人自己在里头一切都好，心也安定了，觉也睡得着了，饭也吃得下了，让他们不要担心，等自己赎完罪了，就出去跟他们团聚。

负责监听的同事有些奇怪，转过头来问我："这老黄一口一个赎罪的，他到底干啥了？"

我摇了摇头。

我答应过他的，不在监狱里跟别人说起这件事，他要忏悔修行，我不能给他破坏了。

045

#06

可是后来，我还是跟人讲了这个故事。

那已经是快两年之后的事情了。

2019年的春节，我回北方老家过年，顺便看看爷爷奶奶和外公外婆。

北方的春节气氛足，年味儿重，大街小巷都张灯结彩，熙熙攘攘的，格外热闹。

我许久没有回过老家，得知我到了，一些老同学组了个聚会，张罗着喊我一起参加。

北方人的酒桌如战场，一顿酒从晚上六点喝到十点多，硬是把我们一个个都喝得七荤八素，互相扶着出了饭店门。

刚好外头开始飘起了小雪，几个老同学本来已是醉醺醺的，被冷风一激，清醒了几分，更是兴起。其中有一个拉着我的胳膊，非得让我上他的车，说是带我去兜兜风。

我吓了一跳："你不要命了，喝这么多还开车？"

他却反而不高兴了，一巴掌拍在车门上，睨了我一眼："你……你看不起我？"

我一愣神，没懂他的意思。

他一边拍着车子，一边牛气哄哄地跟我说："就，就这车牌，你看好了……别说喝酒，我就是闭着眼睛开，有哪个交警敢拦我？"

我无奈地转过头去，想看看哪个老同学能劝劝他，没想到身后众人三三两两，各自说笑，像是早已见怪不怪，没听到他的话一般。

我赶紧拦了辆出租车，半说好话半哄着，把他塞进了出租车，然后自己也坐了进去。跟其他的同学挥手告别后，先把他送到了他家小区门口，看着他摇摇晃晃地进了小区门，自己才重新坐车回家。

一番折腾，等到了家里，都到了晚上11点多了。

客厅灯还亮着，我推门进去，发现奶奶半眯着眼睛，穿着大袄靠坐在沙发上，电视里播着广告，她也没换台，已经睡了过去。

听见我进门，她才惊醒过来。

"怎么弄这么晚才回来？"她跺跺脚站起身来，操着一口地道的土话，"我看外边雪都下这么大了，你可冷？"

"没事，不冷。"

我扶着她进了卧室，顺便把今天的见闻跟她讲了一遍。

她不以为然地坐在床边上，一边慢吞吞地换下大袄，一边跟我说："现在有些人，喝多了逞能，非得开车，一天天的，到处乱撞，都是些不惹点事不安心的东西。"

"真的吗？"

"真的。"

我仔细一问才知道，老家县城里有些做生意发了财的小老板，就有这个习气。

酒宴结束之后，一不打车，二不叫代驾，都是自己把车开回去。

一来，喝完酒还能把车开走，说明自己酒量好、有能耐，这点酒就是洒洒水的事情，压根不放在心上；

二来，哪怕撞坏了什么东西，第二天一摆手，照价赔偿，这是本事，显得财大气粗；

三来，也是最重要的一点，说明自己人脉广、吃得开，酒后驾车没被拦住，这就是面子，是实力的象征。

你要是这时候劝他别开，非得开车送他回去，那就是打人家脸呢，遇到脾气暴躁的，当场能跟你干起来。

【此陋习仅为老家小县城所听闻，不代表北方，也不代表任何地域，请勿对号入座。】

我听奶奶讲完之后，叹了口气，坐在床边不说话了。

不知道为什么，两年前老黄的那张脸，忽然浮现在了我的眼前。

他的修行，他的悔罪，以及他的锒铛入狱。

奶奶问我怎么了。

我想了想，给她讲了一个故事。

#07

几年前，有一个老头。

他当过兵，做过生意，半辈子辛辛苦苦，白手起家，创出了一份基业，在当地算是小有名气的民营企业家，处处受人尊重。

到老了退休了，把公司交给了儿子，自己在家含饴弄孙，颐养天年。

可他们这一代人，偏偏有个毛病，就是闲不住。

在家待的时间长了，总觉得自己没用了，要闲出毛病来。于是没退休几天，他干脆跟儿子请缨，毛遂自荐，说要发挥点余热，在自家公司当一个车队队长。

老头是跑运输起家的，对车有感情，也是几十年的老驾驶员了，想着与其待在家里闲着，不如在城里跑跑车，活动活动，跟一些老下属吃吃饭、聊聊天，反而高兴。

那天中午，老头在公司吃了盒饭，准备下午跑车。

夏天天热，老头多年养成了习惯，光吃干饭咽不下去，索性开了点啤酒，也不多，就一瓶冰镇的，咕噜噜就着饭下了肚子，别提多爽快了。

酒足饭饱，老头上了罐车，驾车慢悠悠地往城南厂子开去。半途接了个电话，儿子打过来的，说天气热，喊他回家休息。老头还有点儿不高兴，骂了儿子两句，说去厂子里忙完就回。他挂了电话，把手机扔到一旁的副驾驶座上。

不知道是天太热,还是喝了酒有些迟钝,就这么低头一扔手机,再一抬头的工夫,发现前头变了黄灯,老头连忙一脚踩下刹车踏板。

可是已经迟了,此时横穿过来一辆小轿车,也是抢黄灯的,当场跟他的车头撞了个正着。

一声巨响,好巧不巧,不知道是撞着油箱了还是怎么着,老头还没反应过来,那小轿车腾的一下就烧起来了。

老头看傻了眼,连忙下车。

下来一看,发现车里是一对年轻夫妇,丈夫屁滚尿流地从驾驶座上爬了出来,妻子运气也好,推门也逃了出来,俩人看着狼狈,倒是没有生命危险。

但还没等老头长出一口气,那妻子忽然尖叫一声,像是想起来什么似的,又重新扑向了车子。

可车子已经熊熊燃烧了起来。

那妻子像是疯了一样,竟然伸手去拉燃烧的车把手,瞬间被烫得惨叫一声,缩回了手。可她像是没痛感似的,继续尖叫着想要打开车门。

来不及了。

不过短短几秒钟的时间,火势滚滚,浓烟四起。妻子像是意识到已经没有办法打开车后座的门了,整个人像是被抽空了的麻袋一样,跪倒在了地上,用头磕着水泥地面,哀号得如同一只母兽。

那个丈夫也是脸色苍白,浑身抖个不停。

老头像是意识到了什么,慢慢走了两步,接近了那辆燃烧的轿车。

在噼里啪啦燃烧着的火焰声中,夹杂着微弱的婴儿哭号的声音。

老头腿一软,也倒在了地上。

燃烧的声音越来越响,婴儿的哭声很快就这么被淹没了。

#08

老黄跟我说，他后来才知道，那天车后座上还有一个孩子，是个才刚刚一岁多大的女孩。

女孩没能被救出来，就这么在他眼前，在光天化日众目睽睽的十字路口，被烧成了一具焦炭。

事发之后，饶是老黄半辈子见惯大风大浪，也吓得傻了。那对夫妻稍稍清醒一些之后，哭号着扑过来，一把把老黄摁在了地上，撕打他，被两旁的路人拉开了。

老黄没还手。

他当兵出身，年纪虽然大了，身手仍然矫健，可他连躲都没躲，被摁倒在地上甚至连爬起来都忘了，就这么躺在沥青路的中央，看着天上明晃晃的太阳，脑海里一片空白。

他说，当时他只有一个念头：好端端的一个娃儿，就这么没了？就这么被我弄死了？

后来的事情，老黄没有再出面。

老黄的儿子得知情况后匆匆赶来，把他送回了家，和受害人夫妻进行交涉。

对方抢黄灯在先，并非没有过错，加上老黄家财大气粗，人脉广泛，很快就达成了协议：老黄赔偿 80 万，对方签下谅解书，双方达成庭下和解。

老黄是在家里得知这个消息的。那时候，他已经整整三天没能合眼了。

他知道儿子的举动后没说什么，只是在签订和解书的现场，没有签字，而是一把将和解书撕得粉碎。

他说："赔偿照赔，但是我有罪，法律该怎么判，也照判。"

050

一家人围着劝了他好久，可老黄的脾气说一不二，任凭老伴哭得快要昏过去了，他也认准了这个理儿，非得自首不可。

没办法，家里人只得按照他的意思，把他送进了派出所里。

法律程序走得很快，没过多久，判决就下来了，老黄以交通肇事罪入狱，被判刑两年半。

老黄说，他得知自己刑期的时候，长长地出了一口气。

进监狱的时候，他什么别的要求都没提，就让家里人给他带了两本佛经。

他说，以前从来没信过这些，可自从出了事之后，不知道为什么越来越信了，读的时候，心里安定。

他说，之前在外面的时候，每天晚上都睡不着，一合眼就能听到那个孩子在他的耳边哭。自从进来之后，他终于能闭得上眼，好好睡一觉了。

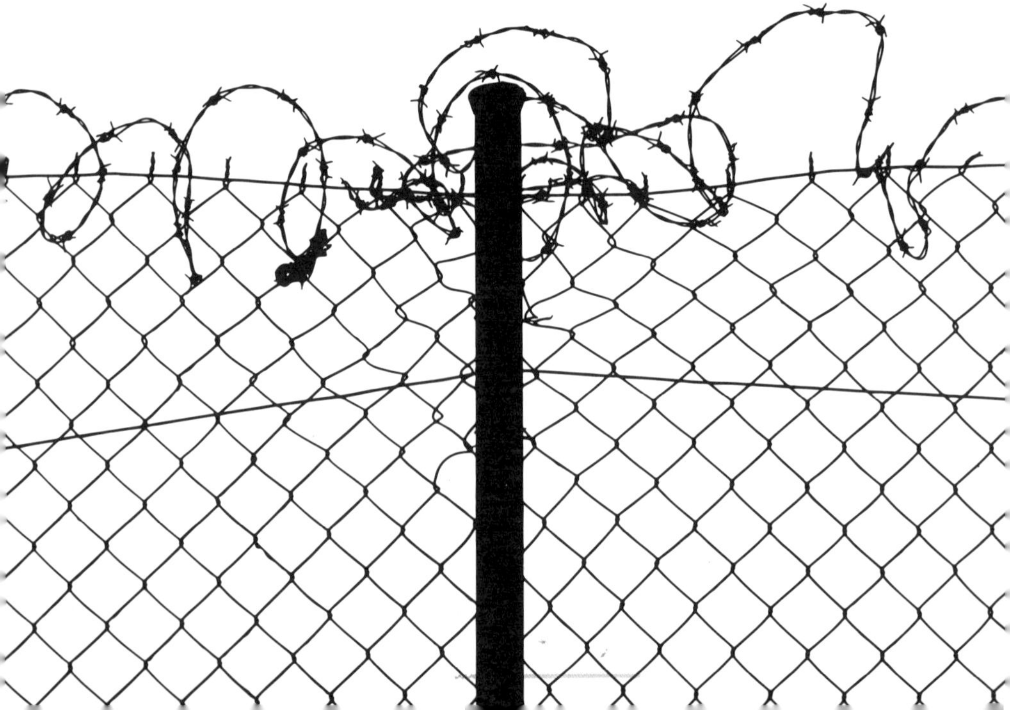

第四案

最大的恶意

/ CHAPTER
04

第四案

最大的恶意

#01

经常有朋友问我:"你们那儿关着的最厉害的犯人是哪个?"

这个问题总是让我很头疼。

因为监狱里的犯人形形色色、千奇百怪,值得说的人和事实在太多太多,很难界定出一个"最"的概念。

但是每次我想来想去,到了最后,嘴里说出来的都是同一个名字——孙超。

在我们十三监区,乃至整个监狱,我都觉得,孙超这个犯人最厉害。

他是一个"S"级高危犯。

监狱里有一个概念,叫作"危险性",这个概念的评级和犯下多大罪、有什么背景、要关多久都没关系,只跟犯人本身有关。

危险性级别越高的犯人,就代表着在监狱里闹事的可能性越大,也就会用更高级别的警戒措施来看押。

监狱里的高危犯,也有监区级、监狱级……级别越高,审批越难,但一旦审批下来，需要执行的看管措施就越严。

孙超就比较厉害了。

他从进来的时候起，就连跳四级，直接挂上了省级"S"级犯人的牌子。

跟他一个级别的，我们全监狱就只有三个。另外两个，一个是持枪杀人犯，一个是地方黑社会的副头目，现在都在一号监区的玻璃屋里，被 24 小时重点监控关押着。

所谓的玻璃屋，就是传统的小黑屋，但是四面墙上都是海绵，防止犯人撞墙自杀，顶上是一面全透明的玻璃。玻璃屋的门口和二楼，24 小时都有民警守着，监视着他们的一举一动。

而最后一个"S"级犯人，就是孙超。

他被关在我们十三监区，享受着犯人里的"头一份"待遇。

至于他为什么没去一号监区，而是在我们这儿待着，原因很简单，那就是他自从 2012 年被判刑入狱以来，就一直在装疯。到了今天，他已经装了整整 7 年。

#02

2016 年 6 月，我从入监队被调至十三监区，当时监区人手不足，我算是最年轻的，就从内勤工作开始干起。

文教带我熟悉监区情况的时候，头一个带我看的，就是孙超所在的监房。

别的监房都是 12 个人，他所在的监房却仅住了 5 个人。除了他之外，3 个是看护犯，就是稍微年轻力壮点的犯人，方便 24 小时轮岗照顾他，剩下还有 1 个是犯医。

我一进门，就闻到了一股奇异的臭味。

不是那种浓烈的、刺鼻的味道，更像是下水管道常年堆积秽物之后，或是没有人清扫的公共厕所散发出的类似沤肥的恶臭。

文教却好似没有察觉一样,问旁边的一个看护犯:"吴亮,他昨天又在床上大小便了?"

"何止昨天,这两天不知道怎么回事,又犯病,连续三天在床上拉撒。最近一直阴天,床单也晒不干,我们的备用床单都给他了,他今天要还是撒在床上,就只能睡床板了。"

文教瞪了躺在床上的孙超一眼:"就给他睡床板!这个天气又不凉。孙超我告诉你,你再折腾,明天就睡光床板,床板弄脏了就睡地上!别给我不消停,听见没有?"

这是我第一次见到孙超。

他个子不高,很枯瘦,整个人像是蚕茧里的蚕蛹一样,裹在被窝里,脸颊上满是胡茬,黑白夹杂的。他的眼睛很大,眼窝深陷,无神地看着前方,也不知道听没听见文教的话。

"这家伙就这样,装死。"文教恶狠狠地骂了两句,转过头来,把我带出监房。一出来,他的神情就变了,缓和了许多,他语重心长地低声跟我说:"小郑啊,这个孙超,你得注意看好了,我们监区最高危的犯人,就是他。"

我说我知道,我看过他的档案,抢银行进来的,被判了14年,是省级挂牌的高危犯。

文教摇摇头,从口袋里掏出一根烟点上,眉头深深皱成一个"川"字:"孙超麻烦的地方,你不太了解。"

"怎么了?"

"他从进来后,就一直装精神病,每年我们都带他去省里的定点医院检查。可检查报告出来,一项一项清清楚楚,他就是装的。"

"装精神病?"

"对，想搞保外就医。"

"没啥机会吧。"

"他运气不好，要是早个几年，说不定真让他钻漏子跑掉了。那时候保外就医的规定不太严格，对精神病犯的管理没有具体规定，要是坚持装个一两年的，指不定就能通过审核。可现在不行了，新规定下来了，保外就医的标准严得不行，他再装个十年都没戏。"

"那他还装？"

"不信邪呗。而且他坏得很，就是跟监狱对着干，对抗改造。你说他运气不好吧，其实也好，要是早些年遇上这样的，早就电警棍、辣椒水来一套了，看他骨头能有多硬，还能装疯？现在除了批评教育，连根手指头都不敢碰。"文教说着摇了摇头。

"那就这么跟他耗着？"我问。

"不就耗着吗，监狱里别的没有，就时间多的是。"文教狠狠地吸了一口烟，"他的破事，你上两天班就都知道了，记住，不能给他好脸子看，他看着病恹恹的，其实都是装的，这家伙心狠着呢。"

#03

文教说的没错，我上了两天班，还真就把孙超的故事听了个七七八八。

不是我八卦，而是他每天在十三监区里的样子，实在是"鹤立鸡群"。

十三监区的犯人大多身体不好，每天一大早，开了监房门之后，按照规矩是有半个小时放风的时间。犯人们三三两两地在楼下的小院子里一边聊天，一边散步。

我们有的时候开玩笑，说别的监区一大早是犯人放风，我们这一大早，是"百鬼夜行"：前面几个满头白发的老犯人精神矍铄，走起路来虎虎生风，比谁都快；后头跟着几个慢吞吞一边走路一边挥胳膊踢腿的，还有手里比画着太极十三式的；再往后就是形形色色的病残犯了，有摇头晃脑笑嘻嘻的，有小腿拧了九十多度变形倒着走的，有拄着拐杖扶着墙的，有穿着束缚衣被时刻牵着的，有眼睛看不见被人一左一右两边扶着的……

而在最后的，永远是被架在轮椅上由几个人推着走的孙超。

孙超从来不愿意放风。准确来说，他不愿意做除了躺着之外的任何事。

饭塞到嘴里了，他能咀嚼两下吞下去，不塞进嘴里，哪怕碗就放在床头，他也不伸一下手。监区有人曾经有一次不信邪，就把饭放他边上，偏不给他喂饭，看他什么时候吃。结果过了两天，身子骨本来就虚的他，硬生生饿得昏了过去，被送去医院抢救，即便这样他醒了后也没动弹一下，更没伸一根手指头吃饭。

大小便也是一样。心情好了，拍拍床板，看护犯会扶着他去厕所；心情不好了，等你闻到臭味了才发现，他已经直接躺着解在裤子里了。

至于你想跟他说话交流，他更是装聋作哑，咿咿呀呀的，除了"看病"和"回家"两个词说得清清楚楚之外，别的什么你都听不懂。

就这么跟监区的管理人员斗了大半年，终于还是他"赢"了一筹。

按照相关规定，监区管理人员必须保障犯人在狱内的人身安全。所以在用尽了法子，孙超仍然油盐不进地装疯之后，狱方只能退让了半步，专门安排了几个犯人和他一起住。他们不参与劳动，在监区里的日常任务就是看管孙超，照顾他的衣食起居，既是看管，也是护工。

不仅如此，为了防止他长期卧床导致肌肉萎缩或是长褥疮，每天的早晚放风，监区还得强迫他参加，一半路程是由两个犯人左右架着他的胳膊走，一半路程是他坐着轮椅由一个犯人推着透透气。

可无论什么时候，孙超的脸上都没有任何表情。

他就像是真的疯子一样,痴痴地望着前面,目光呆滞,神色萎靡,衣衫不整,浑身散发着积年累月的丝丝恶臭。

甚至有一段时间,我都产生了一种错觉,就是他装疯装的时间太久了,真的疯了。

#04

负责看管孙超的犯人小组长姓安,叫安康,是一个圆墩墩的白胖子,眼睛弯弯的,脸上总是挂着笑,跟监区的很多犯人关系都很好。

他以前是工地的包工头,跟人因为琐事干了一仗,把人打残了进来的,被判刑六年。从进来开始,他就负责照顾孙超,后来干脆当了看管孙超的小组长,对于孙超的一切,他比任何人都熟悉。

2017年年初,原本负责看护孙超的一个犯人刑满释放了,监区需要换一个新的年轻犯人进来。我是内勤,就这件事专门约谈了一次安康,想听听他的意见。

安康倒是一股脑地表态,说完全服从监区安排,他没有什么意见。到了末了,他才犹犹豫豫地提了一句,说希望来个年轻点的,最好壮一点的,脾气不能太差。

我以为是为了他们给孙超换衣服、换床单方便,就满口答应,跟他开玩笑:"来个壮点能干活的,省得你这个组长亲自动手给孙超翻身了,是吧?"

安康连连摆手,说:"郑队,您真误会了,来个新人,我怎么都得手把手教个把月,肯定不偷懒,我的意思是怕再来个不合适的,又要出事。"

"伺候个孙超,能出啥事?"我不以为然。

"孙超杀人的。"安康嘟囔。

我愣了一下,以为自己听错了。

"什么?"我问。

"文教没跟你说过吗?就前两年,有个新来的看护犯欺负孙超,那天晚上要不是我反应快,就差那么一点点,他就被孙超给杀了。"

#05

安康说,那是两年前发生的事了。

当时新来了一个犯人,年纪不大,二十多岁,瘦瘦小小的,在外头是个混混,因为跟人打群架,被抓进来判了两年。他身体有病,可能是肝脏还是肾的问题,反正不能干重活,所以分到了十三监区,刚好那时候负责看护孙超的犯人走了一个,就让他顶了缺。

头几天,这混混还摸不清监狱里的规矩,老老实实的,叫干什么就干什么,不搞幺蛾子。可是过了十天半个月的,他混得差不多了,也大概弄清楚监狱里明明暗暗的一些规矩,就故态复萌了。

别的老犯人他不敢欺负,头一个拿来撒气的,就是孙超。

这混混也是个愣头青,看了孙超几天,也真以为他就是个老精神病,不吃饭、不说话,整天拉撒在床上,所以闲来无事,就开始逗弄孙超玩。

起初的时候,还只是骂骂咧咧,心情不好了就踢一下床,震得孙超合不上眼,或者用手指戳着孙超的脑门骂他全家。过了两天,发现孙超打不还手、骂不还口,他的得意劲儿就起来了。给孙超整理床铺的时候,他假装失手,直接把裹着排泄物的床单往孙超的脸上砸,或者用脏兮兮的手直接抓米饭,往孙超的嘴里塞。

孙超被惹了几次,转过眼珠子,直勾勾地盯着这个混混看,混混"哟"了一声,二话不说,上去就是一个大嘴巴子,打完还对着摄像头报告:"报告警官,孙超刚刚有反应了,我怀疑他不是精神病,是装的。"

当时的值班民警狠狠地批评了这个犯人一通，扣了他的考核分，可这个混混也不在乎。他刑期短，挨不上减刑，照顾孙超又有额外加分，换烟抽是绰绰有余，扣了一两分，他也无所谓。

但是扣完分，他转头就指着孙超骂："老子给你饭你不吃，给你脸你不要，还害老子扣分，老子晚上就让你吃屎。"

孙超也不理他，跟没听到一样，闭着眼在床上打盹。

到了晚上的时候，约莫8点，刚锁完监房的门，犯人们都在各自房间里洗漱、聊天，或者看看书报，准备就寝。这时候，孙超忽然开口了。

他哑着嗓子，指着门外，说："有警官找你。"

那混混一愣，本能地回头往门外看。

孙超猛地从床上弹起，一个膝撞就砸在了那个混混的下体上，然后左手卡住他的脖子，把他摁在门上，右手揽住他的后脑，大拇指就往混混的眼睛里挖了过去。

安康给我回忆这一段的时候，满脸的心有余悸。

他说，监狱里犯人打架他看得多了，可孙超那哪是打架啊，他就是奔着杀人去的！

孙超当时已经在床上躺了两年多了，谁也没想到他会忽然暴起，而且先捣要害，然后卡着脖子挖眼珠子。而那手指就不只是要挖眼珠子，更是准备直接往后脑里插！

从孙超开口说话，到他把混混摁在门上下狠手，不过短短一两秒。几乎是那个犯人刚哀号一声，孙超的大拇指就已经挖下去了，混混唯一的抵抗，就是本能地低下头，紧紧闭上眼睛。

安康当时正在边上泡脚，他也是从小打架混过来的，经验丰富，虽然还不知道到底发生了什么事，但是顾不上别的，已经随手抄起手边的空塑料水桶，赤着脚板就冲了上去。他直接把水桶罩在了孙超的脑袋上，

061

然后抓住水桶的把手，往后拼命一拽，把孙超给拽倒在地。

安康说，其实孙超长期卧床，吃饭也不多，已经营养不良，很虚弱了。他几乎没费什么力气，就把孙超摁倒在了地上，令他一动都不能动。

回过头再看那个混混，他捂着眼睛，疼得在地上打滚。等到狱警从监控里看到打架赶到现场时，那个混混勉强睁开眼睛，才发现他整个左眼里全都是血，眼珠子也有些僵硬，已经看不见东西了。

#06

我后来特地就这件事，问了监区里的几个老干部。

他们都点头，说是真的，那件事闹得很大，后来孙超被送去严管了一个月。但是他跟别的犯人不一样，其他送去严管的，要么是暴躁易怒，要么是自杀自残，这些犯人都适合被关进玻璃屋里。可孙超什么都不干，又继续开始装死，不到三天时间，玻璃屋里臭气熏天，连门口的民警都受不了。

后来考虑到还是我们这儿有看管经验，在一号监区待不下去的他，兜兜转转又给送了回来。

也就是自那次之后，孙超的监房改成了现在的5人间，由3个犯人、1个犯医轮班监视他，生怕再闹出之前的那种事故来。

同时，监区领导对孙超更加提防。在那之前，别说是那个混混，就连不少民警都被孙超两年多的表现麻痹了，本能地把他和普通精神病犯一样对待，甚至觉得他装的时间长了，整个人也真傻了。

后来才发现，犯人没有傻的，傻的是我们。

#07

后来，我在十三监区又干了两年多。

这两年多的时间里，孙超倒是没再出过岔子。就是每年四月份还是要例行公事，送他去省里，鉴定精神状况。

每次都是一切正常，然后再给送回来。

文教语重心长地劝过他几次，告诉他现在时代变了，靠装精神病想要骗保外就医，已经是不可能的了，还不如放弃对抗，好好改造，争取早点减刑出去。否则的话，他可能是整个监区第一个，也是唯一一个把14年刑期全部坐满，一天减刑都拿不到的重刑犯了。

孙超却仍然像是没听到一样，躺在担架上，直勾勾地盯着前方。

他已经装了五六年了。

我看过他档案上的照片，阴沉、凶厉、目光沉静，和现在这个躺在床上的邋遢老头，几乎是两个人。因为长期不运动、不吃饭的缘故，虽然每天都有人带他出来舒展身体，但是他的手脚肌肉还是不可避免地发生了一定的萎缩，胳膊细得像麻秆，双脚走路的时候都微微打战。

我不知道他有多少是装的，但是这已经不重要了，因为只要他还有行动能力，那么监狱看管他的规格就永远是最高级的，绝对不会再让他有第二次暴起伤人的机会。

他就这么在床上躺着，白天躺着，晚上躺着，没有人知道他的心里在想些什么，也没有人知道他究竟打算躺到什么时候。他的话也越来越少，甚至到了后来，连装聋作哑的"咿咿呀呀"也懒得装了，就这么紧闭着嘴，整个身子蜷缩成一团，痴痴地看着面前。

他就像是监区里一块沉默的墓碑，被静静地安置在那个地方，没有人会注意到他，可也没有人会忘记他。

2018年3月，因为政策调整，安康申请减余刑失败，沮丧地回到了监房里。

这意味着他最后三个月的刑期再也没有减掉的机会，原本做好了万全准备，打算刑满回家的他，不得不再多待三个月，等到 7 月的时候才能离开。

安康坐在孙超的床头边上，孙超看着他，又像是没有看着他。

安康看着孙超，心里忽然一动。

他那张白白胖胖的圆脸上扬起了笑容，他冲孙超挥了挥手中的判决书，然后拍了拍孙超的肩膀，凑了过去，低声说道："孙超，你说咱俩也认识五年了吧。从我一进来，你就是这个样子，我伺候你；现在我马上刑满要走了，你还是这个死样子。"

"咱俩也算是认识一场，你跟我掏心掏肺地说句实话，你这到底是想干吗呢？"

孙超没有说话，像是没有听到一样，又像是其实早已经死去，他直勾勾地看着窗外，没有半点活人的气息。

安康看了他两眼，叹了口气，起身准备走。

孙超却忽然哑着嗓子开口了："安胖子……你往哪儿去啊？"

安康也没想到他真回答了，迟疑了一下，回过头来说："我刑满了，过几天就回家了啊。"

孙超忽然咧开嘴笑了。

后来安康跟我说，孙超笑起来的样子跟他小时候看的木偶戏里彩绘的木偶似的，硬邦邦的，比哭还吓人。

孙超说："你的减刑申请不符合新规定，减不掉的。你再陪我三个月吧。"

说完，他又笑了笑，然后恢复成了平时的样子，再也不肯多说一个字了。

安康说，他听完这句话以后，整个背上全都是冷汗。

他也没想到，孙超一年都不说一句话，可是他竖着耳朵，把什么都听得清清楚楚，心里跟明镜似的。

#08

后来一次偶然的机会，我去别的监区交流的时候，遇到了一个孙超的同案犯。

那是个四十多岁的男人，戴着眼镜，在车间里做工，听到我说起孙超，顿时就笑了，说："那不是我们老大嘛！"

他们是一块抢银行被抓进来的，在这之前，还一起干过几次抢劫，在流窜的途中没钱了，才决定去搞一票大的，成了就远走高飞，结果失了手，全部被抓了。

"老大？"我以前只知道孙超是跟几个朋友一起犯的案，却是第一次知道，原来他还是个团伙头目。

"对啊，以前我们就是跟在他后头就行了，从搞枪到策划怎么抢、抢多少、怎么跑，都是他一个人一手包办，我们其实就是给他打工的。"眼镜男摇了摇头说，"我混了半辈子，除了他，谁也不服，那真是个狠人。"

他的分管民警听到了这话，脸上顿时挂不住了，拍了他的后脑勺一记，"说什么呢！牢没坐够是吧？还狠人，怎么？出去之后还想再抢银行？"

眼镜男满脸堆笑："哪能啊，肯定不抢了。都这把年纪了，出去也干不动了啊。我啊，就想赶紧把牢坐完，出去之后回家，打打零工，安安稳稳过日子，什么别的都不想了。"

说着他挠了挠头，补充了一句："但是话说回来，我也就多嘴说一句，孙超跟我可不一样。你们还是不了解他，没见过他到底心有多狠、手有多毒。他这种人啊，厉害是厉害，但也一辈子不安生，我要是法官，我就把他判个无期，到死也不放出去。不然他只要一出去，又是一个祸害。"

不知道为什么,听到这句话的时候,我心里"咯噔"一下。

孙超那张没有表情、胡子拉碴、瘦到窝陷下去的脸,忽然浮现在了我的脑海里。

我觉得他说得对。

我也不知道,如果真让他熬了14年,装了14年的疯,等到他出去的时候,他的心里对这个社会、对这个世界会积攒了多少怨恨和疯狂的念头。

可是我们什么都做不了。

我们只能按律关他,14年。

第五案

越狱35年

/ CHAPTER
05

第五案

越狱35年

2017年5月，一条消息在整个监狱里疯传开来。

这天的一大清早，狱政科接到了一通来自东北的"诈骗电话"。接电话的是副科长老周，对方自称是辽宁警方，说在他们地界内，抓到了一名从我们这儿越狱出去的逃犯。

老周当场笑了。

现在的诈骗电话无孔不入，不仅我们监狱，公检法司各部门，哪个没接到过几个骚扰电话，大家早已经习以为常。

明知道我们这里是监狱，还敢这么嚣张来"诈骗"，说抓住了逃犯的，这还是头一遭。

老周那天心情好，没挂电话，反而煞有其事地跟对方聊了起来："我在这儿干了二十多年了，从来没听说跑过一个犯人。你们是逮着神仙了？"

他正准备再冷嘲热讽几句，可这句话说完之后，电话那头不知道又说了些什么，他的脸色渐渐变了。

后来，据坐在老周办公桌边上的小庄说，他从来没见到周科长这么紧张过，整个人坐得笔直，还拿起了笔，一边"嗯嗯"地点着头，一边飞快地在面前的白纸上记着什么。电话听到最后，周科长的眉头都深深地皱成了一个"川"字。

挂掉电话后，老周坐在位置上愣了半天。

小庄壮着胆子，小声问了一句："科长，怎么了？"

老周拿起记下信息的那张纸举到额头，眯着眼睛反复看了三四遍，又重重地把纸拍在了桌上。

"辽宁那边说，抓住了一个从我们这儿逃跑的越狱犯。"

"怎么可能？"小庄笑了，"咱们监狱啥时候有犯人跑过？"

"1983年。"

老周看着纸上记的几句话，脸上一点笑容都没有。

"他们说，这个犯人是34年前越狱逃走的。"

#01

我第一次见到张山，是监狱长亲自押解，从大门口那辆戒备森严的警车上把他带下来，送进了我们监区。

我们监区长老林难得地换了一身笔挺的警服，在门口迎接。

从外面走进来的是一长列队伍：队首是一个老犯人，身后是监狱长，再往后，监狱各级干部一字排开，两侧是随行民警。两名记者站在五米开外，拿着单反相机全程跟拍。

除了闪光灯和快门交织的声音，偌大的广场上鸦雀无声。

老犯人弓着身子，刚理过发的头皮上冒出一层白茬。他穿着一身囚服，立在一片警服中间，左顾右盼，神态从容，仿佛荣誉校友回来拜访母校一般。

向来严肃的监狱长,难得露出了一丝笑容。

"还能认得吗?"他指着眼前这栋去年新盖的监区大楼,问老犯人。

老犯人瞪大了眼睛,使劲儿摇头。

监狱长又伸出手,指了指整个监狱的大广场和几栋高楼:"这些都没见过吧?"

老犯人咂了咂嘴:"哪能见过。我当初跑的时候,监狱就是一堆土窝,围墙就只有那么……"他踮起脚尖,举高了手,想了想,又尽力扬了扬手指,"那么高。"

说着,他又看四处了几眼,连连摇头:"不认得了,一丁点儿都不认得了。"

周围的人适时地笑了起来。

记者反应飞快,连按快门,闪光灯不断闪烁,抓拍到了这一幕。

"监狱事业也在进步啊。"监狱长借题发挥,发了一通感慨,身后的随行干部连忙掏出笔记了下来。

监狱长一边领着老犯人走进我们监区,一边介绍着现在的监狱发展,从高墙电网说到全天候无死角监控,老犯人连连点头,左顾右盼。

我最怕和领导打照面,干脆躲到了监控室里。

眼看着他们沿着整个监区绕了一圈,又回到了大门口,监狱长拍了拍老犯人的肩膀,语重心长:"这次回来要好好改造,有什么困难及时提。现在的监狱跟以前不一样了,一切都很规范透明,不要有什么心理压力。"

老犯人连连点头,佝偻着身子,握着监狱长的手摇了又摇。

记者连忙抓拍了这个珍贵的镜头。

"这个犯人,老林你直接挂牌分管吧。"监狱长转过头,直接点名老林。

老林挺起胸膛，敬了一个分毫不差的标准礼："是！"

"你主抓思想改造。日常生活还得让一个年轻干部来负责，你们自己挑一个，要灵活细致点的。"监狱长话锋一转。

我心里"咯噔"一声，赶紧从监控室的门缝里闪了出来。

果然，老林正左顾右盼地找我的身影，看到我之后，匆忙招手喊我过去："小郑，你跑那么远干什么！过来，以后这个张山就交给你来分管了。"

"张山？"我走过去，从监狱长身后的周科长手里接过档案袋。

"是，张山。"老犯人低头哈腰，"郑队长是吧，以后多多关照，多多关照。"

那天下午，大半个监区的同事都挤到了我的办公室里。

他们都是来听张山汇报思想的。毕竟，越狱35年的故事，谁都好奇。

张山坐在我的对面，神态有些腼腆，似乎还不太习惯这种场面。

我给他一杯水，说："说说吧，这一跑三十多年，是怎么回事？"

他站起来接下水杯，想了一会儿，似乎不知道该从什么地方说起，最后弓着腰坐了下来，讷讷地叹了口气：

"其实当年，不是我想跑的。"

"不是你想跑，还能是谁逼着你跑的？"

"跟您说实话，真是被人逼的。"

他无奈地笑了笑，开始给我们讲述起了那段记忆深处的往事。

这一天是2017年的11月，张山越狱后的第35年，他重新回到了起点。

#02

1982年3月，张山因盗窃罪入狱，刑期七年。

那时候的监狱往往地处深山老林,生活十分艰苦,犯人的工作也是靠山吃山、靠水吃水,从鸡鸭养殖到水产经营,从开山砍树到挖煤炼钢,只要条件允许,什么劳动都可以做。

张山是木匠出身,手巧,进来后没多久,就被分配到了机建队服刑,负责调配全监狱的机械,属于技术工种,张山干活利索,性子和善,从不违规违纪,深得民警喜爱。一个姓崔的队长许诺,刑满释放后,他可以帮张山争取一个名额,让他留在监狱里当工人。

工人不是犯人,而是和狱警一样,正式上班领工资的。

在那个年代,工人名额本就是个香饽饽,竞争激烈程度不亚于现在的公务员考试。更何况犯人被释放后,在社会上很难再找工作。能留在监狱当工人,环境熟悉,人又自由,还有编制,是最遭人眼红的好差事。

张山说,就是因为这个名额,自己被人妒忌上了。

这天上午,张山和几个狱友在山里挖土做水泥。当时,工地上只有一名看守民警。

三十多年前,一个狱警带着几十名犯人出工的情况实属平常。

那时很多监狱甚至有"越狱指标",每年允许"丢失"几个犯人,只要不超比例,即平安无事。所以,很多时候犯人就算跑了,监狱例行找找,找不到就往上报一下,登记在案,也就算了。

张山没想到,那一天,自己也成了"丢失"的犯人。

当天中午的劳动间隙,张山坐在树桩上休息。另外两个狱友突然凑近,说想抽烟了,让张山去外头搞几包回来。

平日里干活时,他们经常从山里的工地翻出去,走个几里地,去固定熟识的村子找人换烟抽。

张山说自己没钱,两人直接塞来一个纸包。他打开一看,直接吓得脱手——纸包里，有 5 张 10 元大钞叠在一起。

两人低声对他说，随便买点好烟和好吃的，尽管花就行。

这俩也是盗窃犯，三人刑期相近，平时关系不错。张山没多想，就随口答应了。他找到工地后一个凸出来的小山头，搭梯子爬上去，翻出了工地。

他揣着钱跑到村子里，跟人换了烟和罐头。可等他回来的时候，却发现梯子被人撤走了，工地也已经收工，那几个狱友全都不在了。

他在附近找了两个多小时，还是没发现梯子，急出了一头汗。天快黑时，张山才终于反应过来：他被人骗了。

摆在他面前的有两条路：从大门回到监狱和转身越狱。

如果是正大光明地回监狱自首，会被定性为"实打实的越狱"。不单要吃苦，工人名额也铁定没了。如果转身越狱，他就要当一辈子东躲西藏的越狱犯。

张山躺在监狱附近的树林里，花了一个小时做这道选择题。

天黑了，张山起身沿原路回了换烟的村子，找了个草垛睡了一晚。第二天拂晓，他拍了拍身上的稻草，做好了决定。

他不回去了。

这是 1983 年的 3 月，距离张山入狱服刑刚刚过去了一年，也是张山正式越狱的第 1 年。

#03

张山揣着烟和罐头，还有剩下的几张碎票子，开始了他的逃亡岁月。

那一年的祖国大地上，改革开放的风潮已经扬起，开始抽出了欣欣向荣的嫩芽。每个人都在忙着反思、重建和迷茫，在打破了旧有的秩序之后，新的秩序还未能建立起来，一切都像是一个虚无缥缈的未知数。

在时代的大潮流下,历史的车轮滚滚向前,没有任何人留心到这一朵不起眼的小小水花。

张山就这么下了山,他没有目的地,也不知道该往哪儿走,他的脑子里只有一个念头:离监狱越远越好。

起初的时候是靠双脚走了几天,又累也走不远。他胆子很快就大了起来,开始去公路上,见到大卡车就拦。上了车,他掏出两支烟,往驾驶台上一拍,再客气几句,车便继续发动了。

记不清给多少司机递过烟,张山就这么一程一程地蹭着车,没日没夜地逃着。困了就找个地方对付一宿,甚至在车上眯一会儿。在这段路上,他给自己编了一个新的身份,叫作"徐小国",是一个来自苏北的逃荒者,村子里遭了疫,他无亲无故,就带着点散钱出来讨生活。不知道是运气好还是他编得好,没有一个司机起过疑心。

那时的他也没想到,就这么一个随口编出来的名字,跟了他几十年。

终于,口袋里的罐头全部吃完,烟也全部发空了。1983年6月,张山跳下搭乘的最后一辆大卡车,落地一座县城。

他踩了踩脚下的水泥路,又抬头扫视街道、建筑、人群。他在心里告诉自己,就是这儿了。

他走到一家馒头铺门口,假意问了价钱。店主一开腔,张山放下心来——完全陌生的方言。

张山找到一家小旅馆,住了三天。这期间他出门瞎转,得知这里是安徽西部的一个县城。

他有点遗憾,原来自己并没有跑得太远,当初要是揣上十条烟,说不定能这么混到西藏。

第四天一早,他把自己仔细打理了一番,出门找到老板娘,说想

074

留下打杂，不要工钱，包吃住就行。

旅馆老板娘问他从哪儿来，他把自己化名徐小国的那一套说辞搬了出来。老板娘没说答不答应，只上下打量了一番后，让他先试着干一个月再说。

张山拿出坐牢时的那股子劲儿，干活勤快，少说多做，每天就是闷头打水洗盘子。老板娘很喜欢他，虽是说好了不要工钱，但偶尔还会给他发一点钱，让他去买点衣服，或者吃顿好的。

"自由"生活的头三个月格外难熬。

张山吃得极少，每顿只夹几筷子，晚上严重失眠，频做噩梦，梦到自己被警察带走枪毙。每次半夜惊醒，背上都会被冷汗浸透。原本魁梧的身材，不到一个月整整瘦了一圈，满脸都是胡子的青茬，整个人形销骨立。

老板娘看他吃得少，人又瘦，更生怜惜，给他的额外工钱更多。

躲在后院干活时，张山会竖直耳朵，听到摩托或汽车的发动声就害怕；店里若有穿蓝色衣服的客人，他会心跳加速——那会让他联想到警服。

张山动过十几次自首的念头，可最后一次都没去成。

他不敢。

三个月过去，一切平安无事。他稍稍放下心来，开始准备给自己筹划以后的出路。

这儿说是小旅馆，其实更像是一个饭店，只是楼上空了几间房，如果有客人想要留宿，也能上来交钱住一晚罢了。平日里招待客人都在楼下的堂屋里，生意算不上好，但是那个年头里，个体户的旅馆不多，很多走南闯北赚钱的生意人，舍不得住正规招待所，都喜欢在这儿凑合一晚。

刷盘子之余，张山留心起住店的客人，上菜端饭时，多听少说，尤其注意着那些有着从未听过的偏远地方口音的客人。

过了大半年，张山终于遇见了自己一直在等的人。

那天，一个五十来岁的男人从客房出来，下楼吃饭。引起张山注意的，是男人包里鼓鼓囊囊的一大兜工具。

张山家里几代都从事木匠行当，因此他也会点儿木工活。出逃路上，他就有意以此谋生。

给男人端饭时，张山随口搭了几句话。寒暄过后，他往男人腰间一瞟，问："师傅，您这包里装的是木锉和墨斗？"

老师傅抬眼瞥了他一下，点点头。

张山把之前的家乡闹瘟疫的故事讲了一遍，又说自己会一点祖传的木匠手艺。老师傅考了几句，他对答如流。

老师傅对他心生怜悯，就问他想不想跟自己走，虽然到处奔波苦了一点，但木匠功夫是硬手艺，学好了就能糊口。

张山等的就是这句话，倒头就拜师，扎扎实实地磕了九个头，老师傅拦都拦不住。

老师傅姓邱，家在东北某县，这次到安徽是被人请来做活的，做完活正要搭车回老家。

张山跟老板娘辞行，老板娘不舍，想劝张山留下来，甚至给他开了高价的工资。张山拉着老板娘的手千恩万谢，可就是一个字也不应。

他去意已决。

第二天早上5点，张山收拾好了行李，跟邱师傅踏上了去东北的火车。

这一天是1984年的6月，张山越狱的第2年，他从安徽前往千里之外的东北，从此开始了他崭新的人生。

076

#04

这年夏天,张山一路向北,在绿皮火车上颠簸了几十个小时,横跨半个国家,最后在东三省的一个县城下了车。

张山站在车站的门口,头一次觉得悬着的心稍稍放下了一些。

在这里,被监狱的警察抓回去的风险已经无限接近于零。可是新的问题开始出现,头一个就是户口。

刚来到这儿的第二天,他就被当地派出所的警察叫了过去,说是有人举报,说邱师傅家来了个陌生男人。警察问他姓名、籍贯,张山又讲了一遍因瘟疫逃荒的故事。他自己都几乎把这段经历当成真的了,讲的时候两眼冒着泪花。

20世纪80年代初正是严打开始的年头,张山险些直接被当作盲流强制遣返。幸好县城偏僻,邱师傅在当地又颇有些声望,托人送了礼,说尽好话,才把这个徒弟保了下来,登记在了邱师傅家的户口上。

可户口能糊弄,身份证却必须要核实后才能办理。张山干脆装聋作哑,只字不提身份证的事情。派出所的警察当时也没有追究到底。就这样,张山变成了"徐小国",有户口,没身份,算是在这儿正式扎根落地的"半个人"。

半个就半个,张山也不在乎。能躲起来活着,不被抓回去吃枪子儿,他已经心满意足了。他想,之后的半辈子,他就在这儿安生过,跟师父学手艺了。

张山勤快,能吃苦,又有根底,加上一心学艺,没有杂念。旁人要学十年八年的本事,他不到三年就出了师,邱师傅对他也很满意,开始让他自己接活。

可没接几次活儿,张山就铁青着脸又回来了。

当时正值改革开放,木匠手艺算得上是顶吃香的,谁家打个柜子,修个桌子，乃至于老房子补个梁柱，盖房子上个新椽，都得求着木匠师傅。

别的木匠师傅敢耍横，敢发脾气，敢端着架子给人脸色，张山不敢。无论到哪儿，他都跟人赔着小心，生怕闹出点什么矛盾来。可人生就是这样，你越怕事儿，事儿越来找你。

头两次干活还算顺利，小徐师傅脾气好的名声也就传了开来。结果到了第三次，他给邻镇一户人家做完活，辛苦了一周，自己拉车把桌椅运过去，那户兄弟仨直接围过来，看都不看他一眼："你雕错了花样，就不让你赔了，自己滚吧。"

张山想跟他们讲道理，他们却不想跟张山讲，兄弟仨一人扛着一个锄头站在门口，就这么斜着眼看着张山，说要钱没有，要挨揍管够。

张山低着头浑身发抖，差点把手骨给捏碎了。那兄弟仨以为他是怕了，谁也没想到，张山是恨。他想起了在监狱里，那些曾经跟他称兄道弟，却把他骗到了外头的几个人。

他红着眼，脑海中腾的一下起了杀人的念头——反正已经是逃犯了，不在乎多背几条人命。

可下一秒，他就被自己的这个想法吓坏了。

他满背都是冷汗，没敢抬头，就这么匆忙转过身，在那兄弟仨的奚落笑声里走了回去。

回去后，他没敢告诉师傅。邱师傅性子刚烈，肯定会出头给他讨个公道，他担心两伙人起了争执，闹到派出所去，警察追查到他身上。

之后的日子里，他经常是干活没多久，就被人看出软弱，被百般刁难、克扣工钱。周围村子里都传遍了他的事，说他给那兄弟仨打了一整套家具，结果被骂了两句，就不敢要钱，灰溜溜地跑了。后来，谁都想来占这个便宜。

他就不再在临近的村镇接活了。

东北那个县城偏僻,山区村子又多,路上颠簸,少有木匠师傅愿意入山接活。村民们要打家具,必须运好木材下山来定做家具,再把打好的家具带回去,一来一回,耗时又耗力。

可别人不去,张山去。

这一年,已经是1987年了,是张山越狱的第5年,人善被人欺,连东北边陲也容不下他,他就这么背着一个大包,进了山里。他什么都不敢求,只想能安稳地活着。

#05

张山在山里走了大半年,磨破了八双鞋。

山路险陡,路程遥远,每次接了活,张山就像个游方郎中一样,背着自己装着木匠活计的大包,往山里一钻就是十天半个月的,一个个村子走过去,挨家挨户地接活干。

运气好的时候,能打一两件新家具,运气不好的时候,三天就补了个破柜子,还差点累晕在路边。他觉得不能再这么下去了——钱是赚了一些,可命都快没了。

这年的年三十,他冒着一路风雪,终于赶回了邱师傅的家里。陪师父吃完年夜饭,放完炮仗,他就回到了自己临时住的小屋。

他打开灯,打开工具袋,把里面准备了很久的东西一样样摆在地上:几块厚木板,一口袋从附近木料厂捡来的小滑轮、螺丝钉、螺丝刀,一些木活工具。张山就着这昏黄的光线,花了半个晚上,做出了一辆谁也没见过的便携滚轮车。

用现在的话说,那是一块标准的滑板。

其实张山最早的打算,是给自己买一辆自行车。可他不会骑,那个年代自行车价格又高,他舍不得这个钱。他就有事没事地趴在别人的自行车边上看,寻思着给自己也做一个类似的代步工具。他在脑海中构思了很久,最后终于捣鼓出了这么一个玩意儿。

第二天,大年初一早上,张山踩上滑板,左脚发力,右脚滑行。从家门口一直平稳地滑到了村口大路上。

第一次试滑圆满结束。张山惊喜地发现,这东西比想象中还要省力得多。

之后的日子里,张山出门干木匠活,身穿薄棉衣、军绿色裤子,提着板子,脚下一踩就能出门。山区陡峭,到了上坡的时候,他把滑板一拿,夹在腋下就走;到了下坡的时候,踩着滑板就能滑下去,比风还快。

更重要的是,这玩意还有一个好处,就是到哪儿都能随身一背,不像自行车那样容易丢,谁也偷不走。

平日里在路上只要远远看到穿警服的人,他掉头就能滑走,又快,还不显眼,谁也抓不住他。

就这么风里来雨里去,踩着滑板熬了几年,他手里终于也攒下了些钱。

邱师傅想给爱徒定一门亲事。张山虽然能赚钱,手艺好,在村里的口碑也不错,但他毕竟是个来历不明的外乡人,至今还是邱师傅家的黑户,连结婚证都没法办。好人家里的姑娘,没有愿意跟他的,张山也从来没动过高攀的心思。

其实张山一直有看中的人。邱师傅几次三番地问下来,他才交了底——张山看上了一个寡妇。

寡妇姓杨,比张山大3岁,老公前些年出车祸去世,她自己带着个几岁大的儿子。

080

张山不嫌她有孩子，她也不嫌张山是个外乡黑户，张山平时没少给她家做些零碎活计，两人早就情投意合，只等邱师傅点头。

邱师傅没难为两人，反而高高兴兴地打了一双新衣柜，算作是给他俩的结婚礼物。

那年夏天，张山和杨寡妇结了婚。两个人没去办结婚证，只是小范围地请了几个亲戚朋友喝了顿酒。

张山答应妻子，两人不要小孩，他把杨寡妇的孩子卫军当亲生孩子来抚养。

张山不知道自己会在这片"自由世界"待到哪一天，他想得很明白，一旦自己被发现是逃犯，会马上自首，绝不让杨家母子受到半点牵连。

而三十多年后，他真的是这么做的。

那一年是1989年，是张山越狱的第7个年头，他有了个家，有了老婆，还有了个儿子。张山过上了他从来不敢想的生活。结婚的那天晚上，他在心里暗暗发誓，就算累死苦死，也得让老婆孩子过上好日子。

#06

婚后生活波澜不惊。

杨寡妇没有经济来源，全靠前夫的赔偿金过日子。张山担起了父亲和丈夫的全部责任。

徐卫军从记事起就知道，"徐小国"不是自己的亲生父亲。张山和杨寡妇都没有瞒着孩子。可徐卫军并不在乎，对于他来说，这个过早佝偻和苍老的中年木匠，是他唯一肯认的爹。

刚结婚时，张山不打算让徐卫军改姓，坚持要改的是杨寡妇。杨寡妇说，孩子不改姓，村里的孩子都欺负他，还以为他没爹呢。

张山想了想，就答应了。他的想法很简单，反正自己本来也不姓徐，卫军的姓改了就改了，他也没有什么负担。哪怕以后被抓了，也影响不到孩子。

张山没想到，改了这个姓之后，他再看到卫军的时候，打心里就亲了很多。他开始渐渐地真的把他当作儿子来看了。

自打跟杨寡妇好上了之后，张山就不去山里了，有了滑板，他大可以顺着公路，跑到临近的几个县城去做活。后来市场渐渐规范了，很少再有干活不给钱的情况，张山手艺又精巧，收费还不高，博了个好名声。他能赚到些轻松的钱，自然不愿意再去辛苦，宁可多空些时间，去帮杨寡妇做做家务、干干杂活。

可真这么结了婚，多了个儿子之后，张山又开始接一些早就不接了的大活，或者比较偏远的活了。有时候一跑，就要在外地待上一个月。

他疼卫军，比杨寡妇还疼。村里孩子喜欢玩什么，他就给卫军买什么，还做了一些精巧的木质小玩具。

张山还专门做了一块小滑板，没活时就陪儿子在村口玩滑板。人影和滑板，一大一小，相映成趣。

学校里没有孩子再提卫军没有爹的事情，他们都羡慕卫军，说卫军的爹是全世界最好的爹。

只有张山自己知道，他的噩梦里，从此之后又多了一样。

他没梦到过杨寡妇，却梦到过卫军——他梦见自己被抓，然后卫军又没了爹，被别的孩子欺负。他在牢里喊卫军的名字，可卫军听不到，孩子就这么孤零零地站在家里，手里拿着小滑板，哭成了个小泪人。

从那时起，他的脑袋里冒出了一个奇怪的念头：以后卫军长大了，让他念军校，当连长、团长，甚至司令。

张山觉得，如果他有了一个当军官的儿子，就不用那么怕警察了；而卫军如果进了部队，即便自己被抓走，也不用再担心孩子在外头被人欺负了。

张山没让他像别的穷人家孩子一样,早早地辍学打工赚钱。他说服了杨寡妇,一直让徐卫军读书。

张山婚后第三年,邱师傅病逝。

张山专门穿了孝衣磕了头,跪着给邱师傅抬的棺,哭了很久。旧时的木匠活是家传手艺,世代相传。可张山不传,他不仅不教徐卫军,甚至也不收徒弟。

镇上许多人挖空心思,托人送礼,想把家里孩子送到张山这里来学本事,但他从来没松过口。哪怕有人找杨寡妇说情都没用。

张山夹着自己的滑板站在家门口,跟前来拜师的孩子的父母说,我要把这门木工手艺带到棺材里,谁想学的话找邱师傅的亲儿子,那是邱家正统。

做木工活的师徒,往往情同父子。张山不想自己东窗事发时,再连累人家孩子。他宁可什么都不教。除了妻子和孩子,张山抗拒任何亲密关系,家庭已经是他最大的赌注。

这一年是1992年,张山越狱的第10年,外头的世界已经发生了翻天覆地的变化,可张山对此一无所知。他躲在这么一个偏远的小镇上,小心翼翼地为自己的儿子规划着未来的一切。

木匠赚钱不易,都是一钉一刨的血汗钱。张山踩着滑板,背着工具走街串巷,连他自己都没有想到,这么一滑就滑了十几年。

#07

次年夏天,时代的春风终于吹到了这个边陲小镇。张山开始交起了好运。

20世纪90年代初,全国经济腾飞,先富起来的商人开始追求品位,高档家具成了热销品。手工打造的家具和"匠心""定制"挂钩——也就是贵。

张山活儿做得精细,人踏实,十几年来早就在镇上传开名声。附近家具厂的人特地拎着烟酒,还有扛着录音机来的,请张山给厂里手工打造贵重的红木家具。这些人开完价格,直接把一大摞钞票拍在张山眼前。

此后,张山打一个红木柜子,连带雕花、上漆、做成成品,一次能赚一千多块钱——在20世纪90年代,这相当于他过去半年的收入。

做出名气后,张山身价越来越高,到了最后,他亲手制成的一件上好的家具,最贵能拿到一万五千块。

张山发了财,他不存银行,不告诉妻子和孩子,而是把所有赚来的钞票都锁进箱子里,藏在床底下。

他准备把钱花在刀刃上。

1998年夏天,徐卫军高考成绩公布,成功被西南地区一家军校录取为地方生。

杨寡妇骄傲之余,担忧起接下来的学费。军校地方生不比正式生,不仅没有学费减免,花销反而更大。她穿戴整齐,想拉着张山一起找娘家亲戚借钱。张山没言语,把杨寡妇拽到里屋,掀开了床板,拿出了里面所有的钱。

杨寡妇没想到,自己和这么多钱一起睡了四五年。

张山推开门,把徐卫军喊进屋子,指了指床铺,说:"这些是你爸存下来的钱,够不够你上大学?不够的话,爸再给你挣。"

徐卫军和杨寡妇都不敢相信,这些钱都是张山做木匠活赚到的。只有张山自己知道,是时候把钱都取出来了。

军校录取通知书递送到家那天,张山给自己开了一瓶酒。

越狱十多年，张山没碰过烟酒。他不敢抽烟，香烟是张山的心理阴影，是自己"被越狱"的源头。不喝酒，是怕自己喝多了，把不该说的话给说了出来。

那天晚上，他偷偷摸摸到厨房里，给自己开了一瓶酒。挑了一瓶之前家具厂送的最贵的酒。

白酒入喉，张山呛出眼泪。他就端着一盘花生米，一边嚼着，一边喝酒，喝得眼泪流了满脸。但即使这样，他仍然没说一个字。

喝前几口还清醒的时候，张山努力告诉自己，如果喝多了，直到酒醒之前，绝对不能跟任何人说话。

第二天早上，徐卫军在厨房的瓷砖地上，找到了熟睡的张山。

张山的手里拿着酒瓶，地上散落了很多花生米，嘴里被他自己塞了一块脏兮兮的抹布，硬生生地堵住了嘴。

1998年初秋，徐卫军去军校报到，临行前，带上了张山给他做的小滑板。

这一年，是张山越狱的第16年，他忽然觉得，自己心里的一块大石头放了下来。送徐卫军去坐车的那天，他在车站前站了很久很久，看着火车轰隆隆地驶向远方，忽然觉得，像是看到了很多年前那个初夏的自己。

#08

徐卫军读大学后，张山很少再接木匠活，他赋闲在家，和妻子看电视，侍弄花草，每周定期踩着滑板去镇上集市买东西。

步入50岁后，张山渐渐冒出了一个念头：也许到了自己该回去的时候了。

让他产生这个想法的，是两件事。

第一件，2002年夏天，徐卫军从军校毕业，如愿以偿地进入了部队服役，成为一名军官。

第二件，是人口大普查。

张山越狱之后，经历过三次全国人口普查。

1982年全国进行第三次人口普查时，他刚刚被判刑入狱，在劳改队里做的调查。等到越狱出来之后，普查已经结束，却赶上了严打的风头，幸好邱师傅仁义，照拂了他，让他落户在了自己家里。

1990年全国普查那次，他已经结婚，有家有口，当地派出所的户籍警也和他熟识，走了个形式后，把他的户口和杨寡妇的迁在了一起。

2000年这次，情况发生了变化。派出所的户籍警驱车来到杨家，进门直接找他，说这次他必须说清自己的身份。

张山一口咬定，老家发了瘟疫后，自己无亲无故，村子没正经名字，就叫徐家村，他也不知道是归哪个县哪个乡的。

派出所的调查陷入了死局。单凭"某某省徐家村"这六个字，什么都找不到。

户籍警无计可施，第二次找到张山，说给他办个"身份证"。

张山一时没懂。

户籍警说："在我们这个地区，认你这个证，出了啥事来找我。但是你到了外地，联网查不到这张身份证。给你办这张证，一是为了人口普查工作继续开展，二是方便你有个身份，但是你绝对不要在咱们这个地区以外的任何地方使用。"

张山拍着胸脯答应了。

户籍警没怀疑，他也是在县城里长大的，从小家里就用着"小徐师傅"打出来的木制家具，只当他真是逃荒过来的，便又交代了两句，转身走了。

张山却觉得很疲惫。

他厌倦当"假人"了。

张山早看新闻里说，现在科技发达，所有通缉犯的资料，不论过了多久，一律录入到电脑里。而且现在街头巷尾都有摄像头，有传言说它们能自动识别，如果发现是通缉犯，会立刻触发警报，通知警察来逮捕。

传言说得神乎其神，张山不敢相信，也不敢不信。

2000年以后，城市建得完善，路更通畅，把附近的村镇都连成了一个整体。从那之后他再去镇上赶集，都把自己裹得严严实实。东北夏天炎热，他出门仍然戴着帽子口罩，遮住大半张脸，踩上滑板，一路飞驰。

这身行头、年纪，加上滑板，很难不引起路人的注意。张山看到路边行人瞟来的眼神，都会觉得对方要去报警了。

徐卫军劝了父亲很多次，到了这个年纪了，不要再玩滑板这么危险的东西了，可张山总是不听。有时候说急了，张山还会骂儿子，是不是嫌我老头子这个滑板给你这个大军官丢人了。

老来如顽童，徐卫军无话可说，只能尽力叮嘱母亲，平日里多看着点父亲，千万别让张山出事。

运气好的是，之后的十几年，一直平平安安。

徐卫军扎根在部队里，成绩斐然。2014年，他升为副团级干部，娶妻生子。

2016年春节，徐卫军带着妻子和刚出生的儿子回家里过年。张山和妻子炒了一大桌菜，一家人欢声笑语，其乐融融。

张山喝了好几杯酒，头稍有些晕时，他走出房间透气，看到了院子里的滑板。他想起多年前的春节晚上，在邱师傅家偏房里，自己在灯下做出第一个滑板的情景。

张山对自己低声说,也许是时候该歇一歇了。

后来张山说,日子过久了,连他自己都忘了,原来这一年都已经是他越狱出来的第 34 个年头了。

#09

张山踩了三十多年滑板,养活了一家人,把儿子送进军校,让自己在"自由世界"成了一个全新的人。最后,他也是因为滑板去自首的。

2017 年春天,张山踩着滑板路过菜场门口的十字路口时,一个没留神,和旁边疾驰而来的电动车重重地撞在了一起。

徐卫军得知消息之后,连忙从部队赶到医院。他匆忙推开病房的门,一进屋,就见张山神情严肃地端坐在床上。

没等徐卫军开口,张山直接说:"儿子,带我去自首。"

徐卫军以为父亲把脑袋摔坏了,急得不行,连忙要去找医生。刚一转身,张山拽住他的手腕,趁着病房里没有其他人,把自己这些年的经历讲了一遍。

张山说,这几十年来,他从来没敢来过医院,这还是头一次。等会儿住院要看身份证,他的身份肯定就暴露了。他让徐卫军赶紧在警察发现前,带自己去自首,这样儿子算立功,不会影响前途。

"不信?你去查查,我根本不叫徐小国,我大名叫张山,大山的山!"

说这些话时,张山一直死死拽着徐卫军的手腕,说完就要下床穿鞋。

徐卫军完全蒙了,他先把情绪激动的父亲劝得平静了一些,然后掏出手机,打给了当地公安局的副局长。

副局长是他军校里的同学,对方答应马上就查。

五分钟后,对方回了电话,说确实有个记录,事儿发生在 1983 年秋天，有个叫张山的犯人，从某监狱里跑出来后失踪。

副局长描述了犯人张山的长相，听到"眉梢有一颗痣"时，徐卫军感觉身上没了力气。

徐卫军缓了几分钟，脑子里过了一遍父亲古怪的地方——内向寡言，爱滑滑板，不传木工手艺，不出远门。

他回过头，透过病房的玻璃窗看向屋里的父亲。张山看向窗外的天空，脸上浮现出他从未见过的如释重负的淡淡笑容。

这是他越狱后的第35年，藏了大半辈子的实话，终于说给了自己的儿子。张山已经做好了接受命运的准备，他说，那一刻他很平静，像是流浪了多年的游子，终于要回家了。

#10

2018年1月，张山被正式收监后没多久，我就见到了他儿子。

徐卫军很魁梧，身高1米85左右，举手投足间都带着军人的英气。他带着妻子和儿子，千里迢迢从东北赶来看张山。

家属会见时，张山对着话筒，看着玻璃窗外的儿子一家，笑得合不拢嘴。

考虑到张山的特殊情况，最终以脱逃罪定刑，加上之前未执行完的余刑刑期，一共判处7年有期徒刑。如果他在里面表现良好，最快4年半左右，就能出去和家人重逢了。

张山的表现一直很好。

他能吃，能睡，精神健旺得丝毫不像是这个年纪的老人，我觉得这7年刑期，倒像是张山真正获得自由的时期。

通过监狱，我们联系到了张山原本的家人，他的父母在20世纪90年代末就去世了，剩下一个弟弟，却不愿意来见他，只是通过狱警告诉了他家里的一些基本情况。

张山对此很释然，他说两世为人，最对不起父母家人。如果有来生的话，他亏欠父母的，做牛做马都要补上。

张山入狱没多久，有个已经退休了大半年的老狱警，从家里特地赶回来看张山。

两人一见面，张山愣了几秒，直接喊："崔队长！"

他们在监房里相谈甚欢。偶尔提到一些老名字的时候，张山会恍然大悟地连连点头，激动得脸都红了。

两个头发花白的老人，在监房里聊了整整一个下午，最后到了收工的时间，崔队长才恋恋不舍地从监房离开。

临走时，崔队长突然说："老张，我还欠你一个工人名额没给，你还要不？"

张山爽朗地笑了一声："崔队，只要不让我出去买烟，我啥活儿都干。"

一个星期后，监狱长特意来过问张山在监狱的服刑情况。监房内，我站在一旁，监狱长背着手问张山，狱内生活是否还适应。

他哈哈大笑，说别提多舒心了。他现在能吃，能睡，什么都不用再躲了，剩下唯一的盼头就是熬过这几年，早日回去，赶在死之前过几天家人团聚的好日子。

他还说，他不仅要回去，还要坐高铁回去，用真的身份证，光明正大地去坐，啥都不怕。

说着他拍了拍大腿，像是有点遗憾地低声嘟囔：

"就是可惜这腿撞坏了。不然回去之后，要是还能再滑一次滑板，得有多好。"

090

第六案

等妻子回家

/ CHAPTER #06

第六案

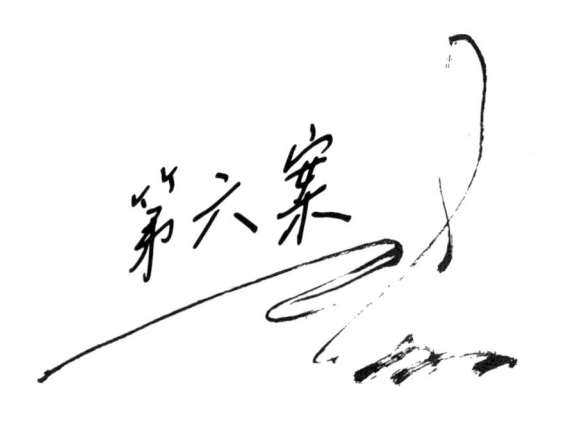

等妻子回家

一座灰黄色的泥砖小楼，沉默地屹立在一望无际的农田边上。

深夜，女人的闷哼只传出了短促的一声，就被秋夜里呼啸而过的寒风吹散。

随之而来的是菜刀剁在硬物上的钝响，血水从破裂的皮肉中飞溅而出的像是气球泄气一般的噗噗声，重物坠地的闷响和男人微微喘着粗气的声音。

鲜血在半空中飞溅，男人的目光空洞无神，他机械般的一下又一下举起了胳膊，然后砍了下去。

空气中渐渐弥漫开混杂着腥臭的刺鼻铁锈味。

似乎只有院子里本该早睡熟了的那只土黄色的老狗，嗅到了屋子里正在发生的一切。它不安地低吼着，拽动铁链子哗啦啦作响，在这个万籁俱寂的黑夜中，显得格外刺耳。

不知道过了多久，吱呀一声，门终于打开了。

男人站在门后的阴影里，身上沾染了大片血迹，他的左手拿着一把卷了刃的菜刀，右手提着一个被鲜血染红的小本子。

他表情呆滞地慢慢走了出来，甚至忘记了掩上房门。

微弱的月光照入屋内，依稀可见阴影中露出的一截白皙手腕，上面溅落着几滴刺目的鲜血。

第二天，法医赶到现场，花了很久的时间，才将这具尸体鉴定出结果：37处刀伤，手脚几乎都断了，脖子只剩下了一层皮肉还和躯干连着，身上找不到一块好的地方。

可是这时候的男人，没有半点杀人后的紧迫和慌张，他就像是什么都没发生，什么都不知道一样，一步，两步……慢慢走出了家门。

从踏出房间的那一刻开始，他就好像忘记了，他刚刚才杀死了自己的妻子。

#01

2007年秋天，宋勇从地里干活回来的时候，手里多了一本小册子。

家里没别人，只有他老婆正在做饭。他们本来还有一个女儿，高中上了一年半，不想再读书了，跟家里大吵了一架后，趁着一天晚上，偷偷背着包走了，说去城里打工。之后半年她杳无音信，只托同村的回来传过一次话，说她过得很好，让宋勇两口子不要担心她的安全，别的就什么都没说了，甚至连电话都没留一个。

宋勇虽然生气，但拿女儿没办法，从那之后，家里就只剩下他和老婆两个人过活。

吃饭的时候，宋勇老婆才注意到他放在手边的那本册子，外面包着黄色封皮，上面画着一个五彩斑斓的人像。

"这是啥子？"老婆问。

"汪河那边新建了一个庙，大师来传法，也给了我一本。"

"你还懂这个？"老婆嗤之以鼻。

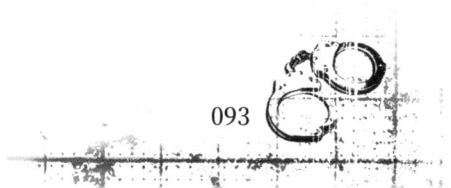

宋勇识字不多，上过两年小学，只能勉强写出自己名字。他老婆文化程度倒是比他还高一点，据说以前还是个读书的好苗子，可惜家里穷，没能继续念下去，年纪轻轻就被宋勇用一辆自行车装的碎票子和两头猪仔作彩礼，娶回了家。

宋勇也不恼，闷头吃着饭："听他讲了几句，挺有意思的，心里没这么烦了。"

老婆就不说话了。

她知道，因为女儿的事情，宋勇心里一直憋着火气呢。

吃了一会儿，宋勇忽然说："过两天庙里有个大会，大师给我们讲经，我准备去听听。"

农村里没有什么娱乐活动，不是农忙的时候，晚上男人不是凑在一起赌牌，就是去镇上喝酒找乐子。宋勇老实，是个闷嘴葫芦，不好这口，成天就在家里看电视，老婆觉得他去庙里听听也挺好，怎么都算是个文化活动。

过了两天，宋勇准时去了庙里。

讲经时间出奇得久，一直到了晚上十点多钟，老婆才在家门口等到了宋勇。他拎着一个金灿灿的牌子，还有几本书，深一脚浅一脚地从小路上走了回来。

老婆问他听得怎么样。

他竖起大拇指："大师是高人，指点迷津。"

"这都是些啥玩意儿？"

"庙里送的，说我是有缘人，捐了点香火钱，然后大师亲自送了我经书，还有这块牌子，保平安的，让我挂在床头。我听人说了，灵验得很。"

老婆觉得不太对劲："你捐了香火钱？捐了多少？"

"不多，就两百。"宋勇摩挲着金牌，爱不释手。

老婆想说什么，犹豫了一下，话到嘴边还是咽了回去。宋勇平日里节俭，别说两百了，就连二十块钱的衣服都不舍得买，成日里穿的就是那件灰扑扑的老头衫。她想不通，那大师到底有什么法力，能让宋勇心甘情愿地捐出这么多钱？

但自从女儿走后，她还是第一次看到宋勇这么开心，她没舍得打断宋勇的兴致。

"你下次也该去听听，大师说了，让我回头带你一起。"宋勇头也不抬地说。

"我不去。"

"为啥？"宋勇终于把目光从金牌上头移开，看向了自己的老婆。

"家里事多，哪走得开。我没这闲工夫，你去听听，回来跟我讲也一样。"老婆随便找了一个借口。

"娘们儿就是这样，头发长，见识短。"宋勇嘀咕着。

他没有太往心里去，他所有的注意力都重新回到了那块金牌上："大师可真是高人，高人呐。"

#02

庙里的讲经不是每天都有，只有每周二和周六的晚上各有一场。平时大师不在庙里，而是云游四方，开化信徒。

宋勇耐着性子等了两天，好不容易挨到了周二，天还没黑，他就早早地从田里回来，把农具一放，就张罗着要洗澡。

"好端端的，臭美啥？"老婆一边收拾农具，一边嘟囔。

"你懂啥，这叫沐浴更衣，沐浴是啥意思，你明白不？"宋勇越来越觉得自己的老婆没见识了，"大师上次说了，心诚才灵。"

"我看你跟大师过日子去算了。"老婆嘴上抱怨，手里却不含糊，三下五除二地烙好了饼，端菜上桌，"洗完赶紧吃，吃饱了再去。"

宋勇很快洗完了澡,吃了几口饼,总觉得兴奋难耐,干脆拿了个袋子,把饼和咸菜装上,扭头就出了门。

"发什么神经?"老婆在厨房里伸出头喊。

"吃不安心,我赶紧去,去晚了没位置,饿了路上吃。"宋勇头也不回地晃晃手里的袋子,跨上了院子里那辆骑了八九年的破旧摩托。

刚坐上去,他一拍口袋,匆匆又下了车,钻进了屋里。

"又咋了?"老婆问。

"忘带钱了。"

"带啥钱?"

"进庙里不得给大师香火钱?给少了就是心不诚,佛祖就不保佑你。"

"你上次不是说大师不信佛,信那个什么……什么神来着?"

"管他什么神,都要香火。大师能白白给我们讲经?"

宋勇把一个信封揣进了兜里,那是他们放在卧室床头柜子里的,老婆眼尖,一下就瞅见了:"你作死啊,把家里的钱全带走干吗?"

"存折里不是还有吗?"宋勇难得敢在经济问题上跟老婆顶了一回嘴,"而且我就是带着,又不是全捐出去。"

老婆还想骂他,可宋勇快手快脚地上了摩托,一踩油门,滋溜一下跑远了。

宋勇果然没有说谎。

晚上回家的时候,老婆做的第一件事就是检查他的信封。还好,信封里原本装着三千多,真没被他捐光——

好歹还剩下最后 50 块钱。

#03

之后的几个月里,宋勇家里大大小小的地方,都能看见"大师"的影子。

黄布、金牌、蒲团、经书……宋勇每天晚上只要一有空，要么就是去庙里听讲，要么就是一个人坐在床上练所谓的"功"。

大师告诉他，这种功如果练成了，就能超脱人世间的苦恼，永登极乐，再也不用受任何苦处，只有灵魂永恒，无尽欢喜。

只是这种功练起来很难，不仅身体上要勤奋，心里更要诚。

宋勇听不懂就问，什么叫心诚？

大师笑了笑，背着手不说话了。

宋勇的眼珠子转了又转，视线最后落在了大师身旁不远的募捐箱上。他一下子觉得自己悟了：心诚，就是要把自己的一切全部奉献给神明，奉献给大师。

大师见他这么上道，甚是欣慰，背着别的信徒偷偷摸摸地告诉他，其实这种功法还有别的神妙之处，就是如果练到大成，不仅自己得道，甚至可以福及家人，带着他们一起去极乐世界享福。

宋勇的眼睛顿时亮了，他连忙问大师，自己有这个资质练到大成吗？

大师有些为难，说他的资质不算上佳，关键是入门太晚了，实在可惜。

宋勇肠子都悔青了，他觉得他就不该在村子里荒废自己这么多年的人生，如果早知道的话，十六岁那年他就背着包离家出走，去找大师磕头拜师了。

但大师话锋一转："不过你也不是没有好处，整个十里八乡，就你的心最诚。"听着大师话里留了余地，宋勇连连恳求，请大师指一条明路。

大师沉吟良久，才低声问："除了你自己之外，你还要带几个家人上路？"

宋勇刚想说"一"，忽然顿住了，犹豫良久，才嘴唇微微颤抖，一咬牙，用手指比了个"二"。

大师目光中似有不满，不知道是嫌这个数字太少，还是太多，最后还是吐了口气，给宋勇递了一个小药包。

宋勇认得，他吃过几次，每次吃完之后不久就觉得浑身发热，脑袋格外清明，整个人像是灵魂出窍一样，飘在半空，俯瞰着自己的身体，那种感觉既荒谬又真实。大师告诉过他，这种状态就叫作"阳神出体"，是非常难达到的修为境界，只有吃了仙药的人才有机会感受，在这种状态下练功，效果是平时的十倍。

药包难得，大师每次只给那么一两包，都是在讲经结束之后，给"心最诚"的信徒。

大师告诉宋勇，以后每半个月来找他拿一次这种药，定期吃。他看宋勇是个实在人，发了善心，愿意度他出苦海。

宋勇感激涕零，恨不得跪下来抱着大师的大腿哭。

那一天，他捐出了4700块钱，是他攒了半辈子的所有私房钱。

#04

过了大半年后，宋勇的老婆终于无法忍受了，因为这事跟他狠狠吵了一架。

宋勇也自知理亏不还嘴，坐在床头玩着手里的珠串，来了一个充耳不闻。

老婆看他这个样子，更气了："你装什么闷嘴葫芦，你有本事倒是说话啊？捐钱的时候这么爽快，这时候哑巴了？"

宋勇微微侧了半个身子，找了个更舒服的姿势靠着。

"你说我进你家门，十几年了，买过几件新衣服？要过什么金首饰、玉镯子没有？村里哪家媳妇不是穿金戴银的，就我一个，天天跟你上炕下地，吃苦干活，我图个什么，不就是图个安稳日子吗？"老婆越说越急，想起了这些年的委屈，眼眶都红了，"你看上我那会儿，都是怎么答应我的？你倒是说啊，男子汉大丈夫，一个唾沫一个钉，你自己说过的话，给狼狗叼去吃了？"

她说的倒是没错，年轻的时候，她又能干活，身材高挑，长得也俊，县里看上她的人家不知道多少。只可惜她家里不争气，除了一个长姐，下头还有三个弟弟，个个都是娇生惯养，被宠成了混子，家底被掏空之后，没办法，只能把她嫁出去换彩礼钱。

她对父母逆来顺受了十几年，唯独这件事上，咬死了不松口，扬言如果她看不中的，娶她回去当晚，她就把自己吊死在房梁上。

她性子烈，从来说到做到，在村子里是出了名的。这么一闹开来，附近还真没几个再敢上门提亲的了。只有宋勇一个，平日里看着老实巴交的，却在收了一年的粮食后，卖了粮换来钱，用筐装着一袋碎票子就堵在了她家门口。

岳父岳母开价两千块彩礼，宋勇的筐里只有四百来块，他憋红了脸，说欠的以后每年给，只有一个要求，岳父岳母要当场立个字据，把她许给自己当老婆。

旁人是见色起意，宋勇却是从小暗恋她多年。他俩从小就认识，一起放羊，一起读书，一起辍学务农，甚至还一起去看过一场村头公映的电影。他个子不高，家里也没啥钱，本来自惭形秽，从不敢表白，但听人说这家缺钱准备卖女儿，一急上了头，咕噜噜地灌了三两酒，骑着自行车带着钱就冲了过来。

岳父岳母没答应，他老婆却自己从屋里走了出来，说可以答应他，但问他如果结婚后，他觉得这是花钱买来的媳妇，对她不好怎么办？

宋勇当场赌咒发誓：婚后老婆说一不二，管钱管事，他心甘情愿。

就这样，宋勇带着一筐钱去了老丈人家，换回了一个漂亮老婆的故事，一夜之间传遍了附近的村子。

婚后十几年，宋勇真的就是这么做的，他不爱说话，每天就是务农干活，家里一切交给老婆操持。他老婆也真是能干，把一个小家收拾得井井有条，没几年还盖上了小屋，生了个女儿，一家人和和美美的。村里人都羡慕，说宋勇这哪是娶媳妇，是赚了个金人儿回家了。

可唯独这次，宋勇食了言。

看老婆红了眼，宋勇终于按捺不住了："我也是为了咱们家好。大师说了……"听到宋勇嘴里还念叨着"大师"两个字，老婆顿时气不打一处来，再也不愿意多跟宋勇说一个字，抹了一把眼泪，气得去院子里择菜去了。

宋勇坐在床头，看着老婆进了院子，犹豫了半天，最后还是从口袋里掏出了一个小药包，倒了一点里头的白色粉末到床头的搪瓷杯里，用水冲开，一仰头，咕噜噜地喝了下去。

#05

不知道过了多久，在宋勇的记忆里，生活变得越来越简单了。

他很少再下地务农了，每天不分白天黑夜，就躲在卧室里练功，饿了就去厨房里随便找点吃的。他从小在村子里长大，不讲究，什么萝卜、黄瓜，洗洗就能生吃，只要填饱肚子，让他能继续练下去就行。

每半个月他还是要去庙里一次，去跟大师领仙药。宝贝不能空取，每次过去，总得捐点什么，起初是手头的钱，后来没钱了，就偷家里存折，连存折里的钱都用完了之后，他就把摩托车都给卖了，每次去庙里都走着去。

他反而更高兴，觉得这样虔诚。他甚至恨不得跟经书里写的那些信徒们一样，一路三跪九叩，磕头到庙门。

他试过一次，不到50米距离就放弃了，实在太疼，还是走着去方便。

就因为这事，他还忐忐了几天，不知道神明会不会怪罪他，觉得他不够诚心。

老婆早已经跟他闹掰了,当她发现存折丢了,里面的钱都被宋勇取出去捐了之后,她就气疯了,逼着宋勇带她一起去庙里把钱要回来。宋勇跪在地上求她别去,可她不依不饶,无论如何一定要把家里的钱讨回来。宋勇被逼急了,一辈子听老婆话的他,第一次狠狠给了老婆一巴掌。

老婆被他打蒙了,不敢置信地看着他,过了半晌才反应过来,没哭没闹,肿着眼睛背上包,当晚就回了已经几年没回去过的娘家。

宋勇打了老婆,心里慌乱,可不知道为什么,他的耳边似乎又传来了另一个自己的声音,说打得好,谁让她扰乱自己修行。正好女人走了清净,等他练成功法,带她一起去极乐世界享福的时候,她自然就知道了他的好处。

这个声音已经不是第一次出现了。自从吃了大师给的仙药之后,他就经常能听到这个声音。第一次听到的时候,他还吓了一大跳,赶紧去问了大师,大师却很惊喜,告诉他,这就是他修炼出来的"元婴",在整个庙里的信徒中,他还是第一个达到这种境界的。

宋勇又是兴奋,又是骄傲,从这以后,对大师更加信服。

随着吃的药越来越多,练功越来越勤,这个声音在他耳边出现的次数也越来越频繁。不知道从什么时候开始,他忽然有了一种感觉,这个声音就是他自己,他自己也就是这个声音,他开始分不清谁才是"宋勇",谁才是"元婴"了。

就在这时候,终于,他所有能捐的钱物,也全部都捐干净了,除了他住的这套房子和他承包的十几亩地。

#06

老婆赶回家的时候,宋勇正趴在地上,翻箱倒柜地找土地证,屋里一片狼藉。

"宋勇，你干什么？"老婆又急又气。

宋勇已经不太能回话了，他转过身来，眼睛直勾勾地盯着老婆看，半晌才从喉咙里憋出俩字来："找证。"

"你做梦吧。"老婆从被翻得乱七八糟的衣柜里掏出一件棉大衣，熟练地拆下内胆，从内胆的夹层里取出了一个红彤彤的本子，"宋勇我告诉你，家当给你败光了，成，但是咱们这个家现在就剩个房子跟这点地了。你要是想把这些都给人，成，你拿刀砍死我，从我尸体上跨过去！"她把土地证往身上一揣，搬了张椅子，就坐在门口瞪着宋勇。

已经瘦得形销骨立、不成人形的宋勇，脑海里翻江倒浪，眼睛看着老婆，却又像是看不见老婆似的，两只手都抖了起来。

他就这么趴在地上，过了一会儿，忽然跌跌撞撞地站起身来夺门而出。

他也不知道自己是怎么一口气跑到庙里的。

大师正在庙里诵经，看到宋勇进来，眉梢眼角都是喜色。

"证带来了？"

他扶住宋勇，语气关切。

宋勇连连摇头，连话都说不清楚了："……我老婆……回来……她不让……我……不敢……"

大师的脸色渐渐沉了下来。过了一会儿，他把宋勇扶到对面的椅子上坐着，给他泡了一杯茶。

宋勇的脑袋已经痛到像是要炸裂开来，他隐约看到，大师好像在茶里冲了点什么东西。

可他已经顾不上了。

茶杯入手，他将茶水一饮而尽，喉咙干得像是要裂开。

"我给你算过了。"大师的声音像是从远方传来，娓娓动人，"其实，你老婆就是你命里注定要克死你的那个天煞孤星。"

宋勇的手一松，茶杯掉在地上碎成几片。

102

"你这个功啊，已经快要圆满了，就差这最后一劫，老天注定安排，你要是把证捐出来，就彻底大功告成，去极乐世界了。但是这个天煞孤星啊，就是魔头，就在命里克着你，不让你成功，要把你牵绊在这人间里……"

大师的声音越来越低，越来越低。

"所以，你要跟这个魔头做抗争……

"你只有战胜了她，你才能真的圆满……

"你……明白了吗……"

#07

2016 年秋天，一大早，我带着犯医在监区里巡逻。

那年我刚来十三监区没多久，对犯人整体情况还不熟悉，尤其是那十几个康复犯（即精神病犯）。所以每次轮到我值班开监房门的时候，我都习惯把犯医带上，一个个监房挨个走一遍，向他询问情况。

康复犯和普通犯人不关在一起，而是住在我们监区最东边的一片隔离区域里，单独服刑。每间监房住四个康复犯，还配了两个普通犯人，负责值岗和管理。

我一间一间地打开监房门，犯医站在我身后，向我介绍里头犯人的情况。

到了 416 房的时候，我站在门口，没有刷卡开门，而是张望着里面的情况。

这个监房是我最好奇的一间，里头关着的病人都和"精神分裂"有关，类似的书和电影看多了，就总想近距离观察这些病人的真实现状。

"这几个最近表现都比较平稳，能吃能睡，不犯病。就是宋勇有点亢奋。"犯医抱着本子跟我一一介绍。

我记得这个叫宋勇的犯人，在入监登记的体检表病症那栏，其他犯人的病症无非是"人格障碍""精神分裂""精神发育迟滞"之类，只有他的病名格外长，叫作"因封建迷信、邪教信仰有关导致的精神分裂"。

我还是头一次看到连病因都写在表上的。

我留意过他几次，就是一个普通的老头，头发白了大半，经常弓着腰坐在床边，嘴里神神道道地念着什么。他的罪名是故意杀人，已经服刑六年多了，是这一年刚从别的监狱调过来的。据说在原来的监狱里发生了一些事情，导致这个犯人精神极度不稳定，为了安全起见，才干脆给他换了一个监狱。

"亢奋啥？"我随口问犯医。

"还是老样子，整天抱着他老婆的照片念念叨叨，逮谁给谁看，说他老婆在家里等他回家呢，问人家怎么才能出去。"

我脑海中浮现出宋勇的档案，下意识地脱口而出："他哪来的老婆等他回家……他老婆不是被他杀了吗？"

犯医猛地瞪大了眼睛，转头看着我。我也回头看向他。

四目相对的一瞬间，我才忽然意识到，自己可能多嘴了。

我们俩陷入尴尬的沉默。

过了一会儿，我才轻轻咳了一声："你再说说，他还有啥表现？"

"也没啥，就是喜欢捧着他老婆的照片……然后说多好多好，他怎么去他老丈人家，用一筐碎票子换来的一个漂亮能干的老婆。说他老婆做饭好吃，收拾家务又能干，长得也漂亮，村里人没有不羡慕他的……他还说，他老婆经常给他写信，说等他回家，再给他做好吃的炸春卷，他天天就盼着回家见老婆。"

我听了一时哑然。

"我们之前正奇怪呢，他说得这么好，可从来没见他老婆来看他一次，也从来没见过他老婆写的信……"

"老王。"

"哎，郑队，您说。"

"刚刚我那话，一个字都别传出去，听见没？"

"是。您放心，我肯定——"

"他是从别的监狱调过来的，我现在估摸着知道发生啥事了……如果他受到啥刺激发病了，我跑不了，你的减刑也别想要了，懂了吧？"

"我明白，您放心，那些话烂我肚子里！"

"嗯，行。下一间吧。"

我说着刷开了这个监房的门巡视一圈，准备再去下一间。临走之前，我阴差阳错地往里头又瞥了一眼，正好看到宋勇坐在床边，手里捧着一个本子，不知道正在看什么。阳光穿过窗户照在他的侧脸上，他的眼神格外平静，嘴角带着笑意，不知道在回忆什么，只看到他的手指轻轻在本子上摩挲着，像是在做着一场永远醒不过来的美梦。

后记

关于宋勇的故事，我犹豫了很久，不知道该怎么下笔。

他在监狱里其实没有任何故事，他就是这么一直沉默地服着刑，毫不起眼，整天捧着他那个夹着照片的破旧笔记本。

我跟他之间发生的唯一一段故事，其实只有最后这段。当时我说完话后，整个背后冰凉，我意识到自己说漏嘴了，这可能是我三年狱警工作以来最严重的一个失误。我甚至不敢想，如果让一个精神病人得知了真相后，他会做出什么事情。

尤其是有上个监狱的前车之鉴。

所幸犯医也是个明白人，把减刑看得比一切都重，所以这么多年来他始终守口如瓶，什么都没有说出去过。

只是这么一段简短的对话，其实是支撑不起整个故事的。然而藏在对话背后的真相，又令我事后越想越觉得惊悚。

宋勇的档案特别厚。

别人的档案可能只有十几页纸，装在薄薄的档案夹里，清清楚楚，可他的档案几乎塞满了一整个夹子，还差点装不下。里头满满的都是各种口供、叙述，甚至还有一审、二审的不同判决，被抓的大师的自述和有关他在那个农村传播邪教和诈骗的案卷。

我就是从这些支离破碎的资料里，一点一点地还原出了当时到底发生了什么，宋勇又到底经历了什么。加上一些我个人的春秋笔法后，我还是决定从他入狱前的经历讲起，尽可能地向大家讲述出这么一个人伦惨剧。

故事开头以倒叙切入，开头就是最后那天晚上，吃了药后疯了的宋勇回到家里，真的用菜刀剁死了他的妻子。

可他长期服用那种不知名药物后,加上邪教的洗脑,已经有了深度的精神分裂症状,在杀死了妻子之后,他走出家门,完全忘记了这件事,也不知道自己为什么进监狱。他几乎成了一个阿尔茨海默病患者,只记得很久很久以前的一些往事,每天活在回忆和幻梦里无法醒来。

一年、两年……我也不知道他还有没有醒来的机会,也许永远不醒来,对他来说才是最好的结局。

唯一让我觉得有少许遗憾的是,直到我离开那个监区为止,我也从来没有见过有任何家属来探望他。

哪怕一次。

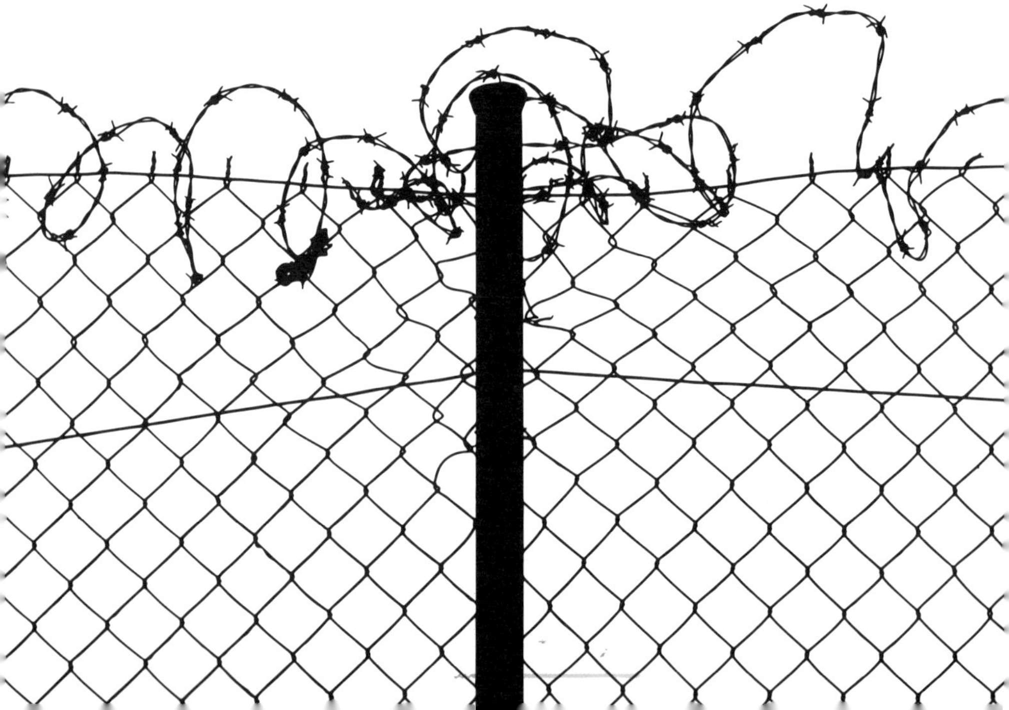

第七案

生为人父

/ CHAPTER
07

第七案

生为人父

老刘是我们监区所有的老年犯里过得最滋润、最舒服、最让别的犯人羡慕的一个，直到他试图在监狱里再次杀人的那晚之前，我们都这么觉得。

#01

老刘的个子不高，矮矮胖胖的，很有几分富态。

平日看到他的时候，他总是坐在窗边，手里抓一把零食，也不同人说话，只是眯着眼笑，神态像极了我小时候家门口开小卖铺的胖老板。

老病残监区不用劳动，他不太识字，也就不爱看书读报，所以平日里最喜欢招呼人吃东西。别人每个月开大账，额度总是紧巴巴地用，大头都是用来买生活用品、本子和笔什么的，剩下点零钱，买点零食打打牙祭。他却好，每个月400块清一色地全买了吃的，从小蛋糕到海苔片，从下饭菜到茶叶蛋，每次查寝，他的箱子里满满当当，活脱脱就是监狱里的一个食品小仓库。

别的犯人顶羡慕他的就是这一点。

不是他用不着买生活用品，而是他有一个好女儿。

别的老年犯进来，儿女半年能来看一次，就算是孝顺的了。有些人觉得丢脸，从犯人进来到刑满释放，光寄钱来保障生活，一次都没露面的，也大有人在。

老刘的女儿不一样。每个月会见的时候，十次有九次都要过来，最多隔一个月，兴许事情忙来不了，下个月准来。而且她从来没空手来过，都是大包小包，提满了东西，这个月带点内衣内裤，下个月就带几本解闷的大部头小说。老刘自己不看，可这小说本身，在监狱里是和方便面、香烟并称的三大硬通货之一，能让老刘跟其他犯人换来不少好处。

老刘的刑期长，我来监狱的时候，据说他已经服刑六七年了。他不归我分管，也从来不闹事，我便一直不知道他的罪名，看他的样子，只道是诸如行贿之类的经济犯罪。直到2016年3月的时候，他申报了那一批次的减刑，我才第一次打开了他的案宗。

抽出档案，我以为自己看错了。

把档案放回袋子里，翻到正面，清清楚楚写的就是老刘的名字。我犯了嘀咕，又重新抽出来，核对了照片和信息，终于才确定，没有搞错，这真的是老刘的案底。

他犯的是故意杀人罪。

案宗上写得清清楚楚，八年前，他在家里用一把水果刀，捅死了自己的老婆，也就是他女儿的亲生母亲。

#02

趁着走减刑流程的机会，我找老刘谈了次话。

我对着案宗问他的时候，有些小心翼翼，怕会触到他某些敏感的神经,可没想到的是,他虽然有些讷讷的,可跟我聊起天来,显得很高兴的样子,而且一点也不避讳自己杀人的往事。

他跟我说,跟别人家不一样,他的老婆不是娶来的,而是走了运捡回来的。

老刘年轻的时候,矮小黑瘦,长着一张"鞋拔子脸",加上父母早逝,家里又穷,是村子里出了名的"困难户",到了二十八九岁,还是光棍一个。

村里的老主任惦记着他,给他说过几次媒,可女方不是嫌他矮,就是嫌他穷,见了第一面后,连个愿意再见第二次的都没有。久而久之,连老刘自己都断了心思,寻思着就干脆打一辈子光棍算了。

可他放弃了,村主任偏不信这个邪。

终于有一天,村主任兴冲冲地又一次敲开了老刘家的门。

老刘开了门,村主任劈头盖脸就是一句:"小刘,我问你,你对人家女娃子有啥要求没有?"

老刘苦着脸:"都是人家看不上我,还能有我挑人的时候?是个女的就成。"

村主任一拍大腿:"有你这句话,那这事就能成了。"

老刘有些迷茫,被村主任拉着进屋坐下,三言两语一聊,才知道,村主任真的给他找了个愿意嫁的姑娘,不仅愿意嫁,长得还漂亮,是县城里出了名的俊俏。

老刘不敢信这种好事,连忙拉着主任说:"人家姑娘有什么难言之隐,你跟我说清楚,不然这么天仙似的一姑娘娶回家里,我不得安心。"

村主任这才叹了口气,说了实情。

原来,那姑娘是给人"破了身子"了。

姑娘家住县城里,二十出头,长得虽好,名声却差,作风不怎么正派,成日里喜好跟一些不三不四的青年在街上混。就在年前,传言称她被一个流氓搞大了肚子，事后流氓拍拍屁股远走高飞，姑娘没办法，只能一个人去医院里把孩子拿掉。

那姑娘还算知羞，本来想瞒着父母和朋友，一个人把事儿办了。可县城就这么大的地方，那个年代又不兴做这种手术，更何况还是个漂亮的年轻姑娘家，一来二去，很快就传得满城风雨，沸沸扬扬。

当妈的心疼女儿，听说这事之后，抱着姑娘哭成了个泪人儿。她爹却是个火暴性子，硬是把身体虚弱的女儿赶出了家门，说丢不起这个人，让她有多远滚多远，这辈子别让自己看到。

那姑娘没处去，只能暂住在姑姑家里。

她母亲一边在家里劝丈夫，一边放出话来，招女婿，不要彩礼，不用倒插门，只要老实本分，不嫌弃女儿，对女儿好，他们家就愿意认了。

老刘一听这话，顿时放下心来。

他跟土地打了小半辈子交道，村里人粗俗，他对男女那些事情，成日里听人过嘴瘾，自己却从来没试过，对"破了身子"没啥概念，反而觉得女孩可怜。

他拍着胸脯跟村主任保证，愿意娶人家姑娘进门，只要她不嫌自己穷，不嫌自己丑，不嫌自己是农村人，他也就不嫌什么流言蜚语，愿意两个人一起踏踏实实过日子。

村主任见他态度好，也喜上眉梢，当场拍胸脯保证，去替他给人家姑娘家说道说道，一定让他把媳妇娶进家门来。

就这样，一来二去，没过俩月，老刘就真的这么把人家姑娘"捡"回了家门。

#03

老刘说，他第一眼对他老婆的印象，是瘦、白、神色寡淡，跟个活死人似的，初春的季节，她仍然裹着厚厚的大衣，脸上没有半点血色。

可即便这样，老刘左看右看，都觉得姑娘长得真的跟天仙似的漂亮，他狠狠掐了自己一把，怀疑自己是在梦里。

婚后的头俩礼拜，姑娘躺在老刘家里，没跟老刘说过一句话，没对过一个眼神——更不要说圆房了。

老刘脸皮嫩，也不敢开这个口，只知道每天前前后后伺候着，乐得屁颠屁颠的。

他说，人家城里姑娘到乡下来，又嫁给他这么一个又穷又丑的老光棍，他还能有什么说的？更何况，人家姑娘不闹着要走，已经是极懂事的了，他照料照料自家媳妇，不是应该的？

可没过多久，麻烦就找上了门来。

不知道是谁传了出去，很快，村子里的人在茶余饭后，都说起了老刘老婆以前的那些闲话。一传十，十传百，那些话越传越难听，都说老刘捡了个破鞋回家，还当宝似的供着。

渐渐地，村里有些闲汉开始有意无意守在老刘家门口，隔着窗户说些不三不四的下流话，大抵是听说了这姑娘的过往，又图那姑娘貌美，便动了歪心思。

那姑娘躺在床上，也不说话，只是泪珠子像断了线一样地掉，哭得整个人一抖一抖的。

老刘看在眼里，疼在心里，顿时发了狠，提着墙角做农活的钢叉就出了门。他本来在村子里是出了名的老实人，尿尿懦懦的，个子又瘦又小，手里钢叉都快有他头顶高了，可这么往门口一站，往外头一瞪眼，杀气就腾腾地冒出来了。

他不会说话，翻来覆去就一句："你们这群狗东西，再欺负我老婆试试？"几个闲汉第一次看到老刘暴怒的样子，又看他手里的钢叉明晃

114

晃的，心里生怕，三三两两骂骂咧咧的，很快便散了。

老刘又守了半晌，见没人回来，这才进了屋。

刚把钢叉放下，却听见姑娘开口，跟他说了这么多天以来的第一句话："……你刚刚说的，都是真的？"老刘不记得自己刚说了啥，好似只是骂了那些闲散混子罢了，便只点了点头。

那姑娘又重复了一句："要是他们再来欺负我，你敢不敢真捅他们？"

老刘心头好似有股火烧起来了似的，把脖子一梗："有什么不敢的，他们敢再来，我就一叉一个，都给捅死！"

那姑娘听了这话，定定看了老刘两眼，又低下头，哭得更凶了。

老刘不明所以，只道自己又说错了话，急得抓耳挠腮。那姑娘哭了一阵子，才缓缓抬起头，说："要是这样，给你当老婆，我也认了。"

老刘说，那天晚上，他才算是跟他老婆真的成了夫妻。

那一整宿，他都没能睡着，躺在床上看着身边的姑娘，心里只有一个念头：谁敢再欺负她，他一定把那人给弄死！

可那时老刘怎么都没想到，二十多年后，他这辈子杀的第一个人，竟然就是她。

#04

一年多后，老刘的女儿呱呱落地了。

村里的生活平平淡淡，那姑娘自从跟了老刘之后，几乎从来不出家门，平日里也沉默寡言，一个月都跟老刘说不上几句话，只是闷头操持些家务。

说不说话，在老刘看来是不打紧的，重要的是自己终于有了老婆。从那之后，他在外干活都好似多了几把力气，每天忙得眉开眼笑的。

兴许是否极泰来，很快，老刘就转了运。

那一年，户口政策放松，村里人都知道，城市户口好，一个个削尖了脑袋想往城里钻，老刘却走了运，沾了老婆的光，轻轻松松地举家搬进了城里。

原来这两年下来，他跟老婆安安生生过日子，又生了孩子，逢年过节的时候，老刘都主动带着老婆去她娘家探望岳父岳母。老丈人本来看不上老刘，可日子一长，觉得这小伙子踏实本分，又孝顺，比起自己那个惹是生非的女儿，却是强得多了。更何况人家清清白白的，不嫌自己女儿以前的脏事，真心实意对她好，也对老两口孝顺，这么好的女婿，提着灯笼都找不到，哪还有嫌弃的道理？

再加上外孙女伶俐可爱，样子倒有七八成像她妈妈，没有遗传老刘的样貌，更是讨喜。所以老人家趁机托了关系，把老刘的户口从农村转到了城市来，从此老刘名正言顺地成了一个"城里人"。

进城之后，老刘在岳父岳母的支持下开了个小卖铺，守在家门口。虽说赚不到什么大钱，可混个温饱却也绰绰有余，比起在村里种地的日子，自然安心踏实得多了。

可不知道是不是命运弄人，进城后没几年，岳父就查出重病，撑了小半年，便撒手人寰。岳母伤心过度，第二年便紧随其后，也过世了。

二老这么一走，留了一套老宅给老刘一家三口，还有半辈子的积蓄。

按说得了房子和钱，日子该越过越好才对，可出乎老刘意料的是，有些事情正在悄无声息地发生着变化。

#05

没过多久，老刘开始觉得，他越来越不认识自己的老婆了。

二老还在的时候，跟他们住在一起，老婆害怕父母旧事重提，不敢再和以前那些不三不四的朋友交往。可二老走后，一来没了约束，二来压抑了这么多年,三来手里多了不少闲钱,老婆开始频繁出入一些"不那么干净"的场所,和很多往日的街头混混重新又熟稔了起来。

起初,她先是见了一些往日的朋友,有男有女,他们都惊呼着她的变化,说只听说她在当年那件事发生后嫁到了乡下,可没想到她竟然变得真的跟个村妇一样了。

老婆第一次听完这些话回家后,背靠着墙生了一宿的气,没跟老刘说一句话。

跟往日朋友小聚了几次,这种话听多了,她也渐渐开始变了。

时下的流行服装、一些花哨的装饰,开始出现在了她身上,老刘并没有当作一回事,还夸奖老婆变好看了,脸上颇有些光彩。

可老婆对他的夸奖既不屑一顾,又隐隐地有些厌烦。她开始不愿意跟老刘一起出门,越来越少回家,甚至偶尔在街上遇见的时候,往往是扭着头走开,装作不认识老刘一样。

老刘心里酸溜溜的,不是个滋味。

他想,在村子里的时候,村里人用那么难听的话说她,她躲在家里一两年不敢出门见人,可自己从来没不认她过。现在倒好,回了城里,轮到她不愿意认自己了。

老刘见过她身边的朋友,一个个都是穿得红红绿绿,烫着老刘看不懂的发型,在那个满大街都还是灰扑扑的少见色彩的年代里,这些自由潮流的冲击像是一根根刺,深深扎进老刘的心里,让老刘既愤怒又自卑。

20世纪90年代初,录像厅、游戏室、卡拉OK……如同雨后春笋一般出现在那个小小县城的街头巷尾,留下了老婆和她朋友们无数的欢声笑语。

香港、深圳、奢侈品、万元户……这些让老刘感到困惑的听不懂的词,越来越频繁地挂在了老婆的嘴边。老刘开始渐渐觉得,身边这个早出晚归、

117

浓妆艳抹的女人，和记忆里在乡下小屋里的那个妻子，越来越不像是一个人了。

他尝试指责老婆，让她不要跟那些不三不四的人来往，可话没说到一半，就被老婆带着不屑的语气打断了："你吃在我家，住在我家，户口也是我爸妈给你办的，你现在倒充起大头蒜，管上我了？我爸妈留给我的钱，我不花，难道留给你花？"

老刘顿时没有话说了。

确实，他能进城，有房子住，有小卖铺开，都是二老留给他的，他打心眼里觉得自己是欠人家的——用村里人的话说，跟倒插门也没什么两样了。

一个倒插门进城的穷女婿，还有资格多说什么呢？

几次三番之后，老婆甚至连这样的话都懒得对老刘说了，在她的眼里好像压根就没有老刘这个人的存在，好似老刘只是一团空气。

老刘说，他其实心里清楚。

衣服可以买新的，首饰可以换好的，化妆打扮可以让老婆变得仍然跟年轻时一样光彩照人，好像她从来没有过那几年乡下的苦日子一样。可只有老刘和女儿像是两个无法抹除的耻辱印记，提醒着她和所有人，她未婚打胎，她被赶出家门，她曾嫁过一个又老又穷的农村光棍。

既然抹除不掉，那就只能装作熟视无睹。

老刘经常想，也许当初要是不进城就好了。

那样的话，很多人，很多事，或许都不会变成现在这个样子了。

#06

背井离乡来到了陌生的城里，老婆又渐渐地像是变了个人，就这样，老刘的一颗心慢慢地全都系在了唯一的牵挂——女儿身上。

老刘特别疼他的女儿。

在农村的时候,他每天种完地,都会早早地回家,陪女儿一起玩。他带着女儿打水漂,爬树掏鸟蛋,夏天抓知了、捕蚂蚱,还会用草编成小马、小狗逗女儿开心。

后来进了城里,女儿要去上学读书,老刘起得早早的,给女儿做好早饭,送女儿上学,然后才回来开店。等到傍晚的时候,快到学校放学的时间,老刘一定会关一会儿店,亲自去接女儿回家。有时候给她带一块糖果,有时候是一根冰棍,父女俩就这么手牵着手,女儿蹦蹦跳跳的,背后的小书包一晃一晃。她讲着学校里发生的故事,老刘就点着头嗯嗯地听,就这样,一条长长的放学小路见证了父女俩的温馨时光,老刘一手把女儿送上了初中、高中,最后女儿被省里一所著名的师范类大学录取,成了老刘家第一个光宗耀祖的大学生。

老刘说,直到进了监狱,他晚上做梦的时候,还经常梦见县城里的那条槐花小道。夏天炽烈的阳光从树叶间洒下来,女儿背着小书包,他牵着女儿的手,就这么走啊,走啊,永远走不到尽头。

可实际上,那些年,老刘的日子过得并不好。

尽管没有证据,可他很清楚,老婆早在外面有了别人。

他听人说过,那是一个中年光头混混,手下有两三家录像厅,还收了几个小弟,成日穿着一身皮夹克和牛仔裤,在街头呼风唤雨的,很有些威风。有不少人看到,老刘的老婆跟他走在一起,她会去唱歌,去游戏厅里看场子,甚至去赌场里玩。

老刘其实去偷偷找过一次那个男人,他想跟对方讲讲道理。可是,在录像厅外头,他就被男人的小弟拦了下来。

他羞于提及自己的身份,只说找男人有事。可那几个小弟明显误会了,以为是道上的小帮会派来砸场子的,一脚把老刘踹翻在地上,从腰间拔出刀,用明晃晃的刀背拍打着老刘的脸,问他到底是来干什么的。

那一刻,老刘感受到从未有过的羞辱和畏惧。

有那么一瞬间,他像是回到了在村里的那一夜,想要再次拔出钢叉,一叉一个,把眼前的人都捅死,可下一秒,他的脑海里就浮现出了女儿的脸。

他如果杀人了,那女儿呢?女儿怎么办,她妈妈会管她吗?

答案像是明镜似的,映照在老刘的心里。

就这样,他低下了头,在那几个年轻混混的嬉笑声里,像是一条夹着尾巴的狗一样,灰溜溜地逃离了那家录像厅。

从那之后,他再也没有管过老婆的事。

他说,那些年,他权当老婆早就去世了,只留下他和女儿独自过活。

女儿没让他失望。

大学毕业后,女儿找了一份体面的工作,很快和恋爱四年的男友结了婚,对方是书香门第,不算大富大贵,却知书达理。老刘觉得自己在亲家面前,有点抬不起头来,又是自卑,又替女儿骄傲,看到女儿在结婚照上笑颜如花的样子,他打心眼里替女儿感到高兴。

然而,好景不长。

没过两年,他不去找老婆,老婆却开始缠上了他们父女俩。

原因很简单,老婆手里终于没钱了。

这些年下来,跟那个男人混在一起,老婆不知道从什么时候开始染上了赌瘾。

老丈人两口子留下来的钱,全都砸了进去;老刘这些年赚到的钱,除了省吃俭用供给女儿之外,也大多被她搜刮得七七八八;小卖铺在前几年女儿上大学的时候早已被卖掉,除了给女儿交学费,剩下的钱都被老婆"存起来",也不知道存到了哪里去——老刘没办法,只能自己就近找了个保安的工作，每个月勉强赚点钱，够自己吃穿。

眼看着从老刘这儿刮不出什么油水来，老婆就把目光投到了女儿身上。

她开始变着法儿地跟女儿要"赡养费"。

起初的时候，女儿还愿意给一些，可这些钱来得快，散得更快，没几下就被她丢到了地下的黑赌场里。很快，女儿也不愿意再把钱给她了，而是偷偷把钱给了老刘，让老刘收好，别让她妈知道。

但老刘藏不住钱，更藏不住事，很快这件事被他老婆发现了。老婆不仅把钱全都抢走，还闹到了女儿家门口，打滚撒泼，说女儿不孝，寻死觅活的。最后闹得周围邻居报了警，女儿在派出所里又给了她一笔钱，才算了事。

那一次，老刘二十几年来难得地鼓起了勇气，跟老婆翻了一次脸。他跟老婆说，要钱可以跟他要，别去破坏女儿的好日子。

但话没说完，老婆一巴掌打到了他脸上。

"孬种，你要是有本事，就多赚点钱养家，每个月就赚这么几个子儿，还好意思跟我说三说四的？"

老刘的火顿时蔫儿了。

老婆理都没理他，甩头就走出了家门。

老刘心里憋屈，这些年来，他不是没想过离婚，可是每次一想到女儿，他就又舍不得了。他怕离婚了让女儿被人嘲笑，更怕女儿没了妈被人欺负，他总是想，好活赖活都是一辈子，将就将就也就过去了。

他从来没想过，自己会有杀人的一天——更没想过会不止杀一次。

#07

老刘说，他动手的那天晚上，是一个暴风雨夜。

他交了好运，老房拆迁，补了他一套房子，还赔偿了不少钱。按说这笔钱该给他老婆，可那段时间老婆不知道去了哪儿鬼混，工作人员都是老街坊，认得他，就干脆把预付款交给了他。

他还没想好，是自己藏起来，还是给女儿，老婆就听到了风声，"杀"回了家里。

回到家的时候，老婆眼睛红通通的，不知几宿没睡觉，一身酒味混杂了烟臭，二话不说，劈手把钱从老刘手里抢了过来。

"就这点？"她问。

老刘点头。

本来只是预付款，给的自然不多。

可老婆不信，她打定了主意，一定是老刘把大头给了女儿，她指着老刘的鼻子骂了一通，一边骂一边扬言要去跟女儿要钱。

老刘一听，顿时慌了神。

女儿前几天给他打过电话，说着说着就哭了，这半年来，她妈像是牛皮糖一样黏上了她和她丈夫，陆陆续续讨要了不少钱，她丈夫已经一忍再忍了。上次闹到派出所之后，丈夫终于忍无可忍，觉得这日子实在过不下去了。这段时间丈夫几次找她聊过，说如果再这样的话，他宁可离婚，也不伺候这种无底洞一样的丈母娘了。

他拉着老婆的衣服，赌咒发誓，说绝对没给女儿半毛钱。老婆却不理他，踩着高跟鞋嗒嗒嗒地就要出门。

那一刻，老刘的眼眶也红了。他好像听到了女儿电话里的哭声，女儿哭着跟他说，爸，求求你了，管管妈吧，她再来缠着我，我这个家也要散了。

他站起来，抢先一步站到门口，"咔嚓"一声锁上了门。

老婆瞪着他："你给我让开。"

老刘摇摇头，半天憋出来半句话："……你别去找她。"

122

老婆的火气一下子又上来了:"看看你的死德行,你女儿跟你一样,都是半死不活的孬种!我今天还就跟你说了,我一天不死,你就得供着我,那小婊子也得供着我,你们老刘家欠我的,我是她妈!我跟她要钱她敢不给?反了她了!"说着,她又是一巴掌打过来,抓了老刘的头发,把他扯到一边去。

老刘没有再说话。

窗外的风雨越来越大,伴随着雷电交加的轰隆声。老刘说,那一刻,他其实已经不太记得自己在想什么了,只觉得一股热血冲上了头,满脑子都是女儿小时候的那张脸,哭着喊爸爸的样子。

他擦了擦脸,走进了厨房,拿了一把水果刀出来。

老婆没有出门,而是背对着他,站在门口打电话,不知道在跟电话那头说些什么,老刘只记得,她的声音很尖锐,歇斯底里,像是一个陌生人的声音。

老刘没有犹豫,像是凭借着某种本能一样,一把把她摁在了墙上,然后一刀顺着后腰就捅了进去。

伴随着女人的痛号声,第二刀,第三刀……

#08

最后,老刘其实没能把这个故事跟我说完。

不知道是不是亲手杀死妻子的刺激太大,这些年,他其实是有些犯糊涂的,尤其是在跟我讲这段往事的时候,总是翻来覆去的,呓语连连。说到最后那个晚上,说外头下着大雨,他怎么一刀一刀地捅下去的时候,整个人眼神空洞,双手挥舞着。我连忙打断了他,生怕这段回忆刺激到他,让他病发。

后来,犯医跟我说,老刘有轻度的阿尔茨海默病,不严重,听说是受了刺激后变成这样子的，平时说话做事都看不太出来，就是单纯有点呆，活在自己的世界里，听不太进去别人的话。

我看了档案，这次减刑之后，老刘余下的刑期还有不到两年了。

我想，不出意外的话，老刘应该很快就能出去跟女儿团聚了吧。

可我没想到的是，我再次跟老刘谈话，是一年多后的事情。

#09

那天，我跟在文教身后，负责做讯问笔录。

老刘戴着手铐，坐在铁桌子前面，低着头一言不发。

文教敲了敲桌子，问："老刘，你这还有半年多就刑满了，你跟我讲讲，你是怎么想的？"

老刘闷头，不说话。

"这是杀人！"文教的声音一下子拔高了，"你知道在监狱里杀人要咋判不？所有减刑全部取消！而且起码加刑三年，这还是你运气好，没真把小潘给杀了的情况！你脑子是糊涂了还是怎么了？"老刘的身子开始抖了起来，我明显觉察到，他的情绪变得越来越不稳定。

"文教。"我在旁边小声劝着，"老刘有点不太对劲。"

文教的神情也紧张了起来，他挥挥手，门外的犯医和特警队小组都保持警戒，随时准备进来把老刘送到医院。可老刘没有病发。他只是这么佝偻着、颤抖着，紧紧咬着牙关，嘴里含糊不清地念叨着："不要欺负我女儿……我跟你拼命……我跟你拼命……"

#10

后来我才知道，"老刘再次杀人"这件事，是由小潘嘴贱引发的一场血案。

约莫半年前,在一次亲属会见的时候,老刘的女儿被一个刚进监狱没多久的小年轻盯上了。

会见结束后,那个小年轻就隔着玻璃冲老刘的女儿吹口哨。

老刘还是呆呆的,没明白那个小年轻是什么意思,旁边已经有犯人开始阴阳怪气地起哄了:"老刘,你命好哦,要多个便宜女婿咯!"

"小潘是因强奸罪进来的,强奸你晓得吧,他看上你闺女啦!"

老刘这才明白过来,双手挥舞着急忙要说话,可那个小年轻却得意扬扬地抢先问他:"老头子,你闺女是你亲生的不,跟你一点不像的嘛,这么漂亮,随她妈?"

老刘急了,举手就要报告警官。

周围的犯人不仅不消停,一个个还都笑得更开心了。

"老刘,你完蛋了哦!"

"你女儿肯定逃不掉了,小潘余刑还不到一年,他肯定比你先出去,你女儿要被他给祸害了。"

"你还不让他赶紧孝敬孝敬你这个便宜老丈人?"

老刘急得跳脚,哇哇乱叫。当时负责现场的王教到了之后,听了前因后果,狠狠把那个小潘批评了一顿,让他以后不准再说这种话,否则立马扣分。

小潘嬉皮笑脸地嘴上答应,可从那之后,他开始动不动就拿老刘寻开心。

"老刘啊,你缺女婿不啦?"

"要不我给你占个便宜,喊你声爹,你让你女儿陪我两晚好不好?"

"下次你女儿什么时候来,带我一起去看看呗。"

"你别给脸不要脸,我还跟你说,等我出去之后,你女儿我是玩定了。"

老刘因为这事报了十几次警。可一来没有证据,监控录像听不到声音,小潘每次都是若无其事地在老刘边上小声说;二来小潘确实什么也没干,我们也只能多次严肃警告。

我后来查过那个小潘的卷宗,他有癫痫病史,所以进了我们监区,并不是什么强奸犯,是犯了盗窃罪,判了不到两年。所有的一切都源于他嘴巴不干不净,别的犯人趁机拿老刘取乐罢了。

眼看着监狱拿小潘也没有办法,老刘开始急了。还有一年多刑期的他,开始主动报名参加劳务,打扫厕所,甚至推饭车、倒垃圾,想要争取加分,早日减刑。

可是他年纪毕竟大了,干活干不过小潘,加上本来小潘的刑期就短,他辛辛苦苦憋着气拼命干了半年,最后还是没赶上,让小潘比他早了三个月刑满释放。

小潘要走的前一个礼拜,还不忘故意耍老刘开心。

"等我下次来见你,就是你女儿给你多生了个小外孙喽!"

小潘冲其他犯人挤眉弄眼,其他犯人适时地大笑起来,一个两个都开始逗弄起了老刘。

老刘脸色铁青,低着头一句话都不说。

没有人注意到,他的袖子里偷偷藏了一根签字笔的笔芯。

那天深夜凌晨一点多钟,老刘翻身下了床。

在他斜对面的上铺,小潘打着呼噜睡得正香。

房间里执勤的小岗注意到了老刘的起身,但以为老刘是要去上厕所。老头起夜再正常不过,他也没太留神紧盯。

可老刘从厕所出来之后,没有回到床上,而是悄无声息地爬上了小潘的床。然后,他紧紧捏住笔芯,狠狠扎向了小潘的眼睛。

不知道是小潘命大,还是老刘年纪大了,眼花手抖,这一下刺中了小潘的眉骨，而没有刺进眼睛，小潘吃痛，尖叫着醒了过来。老刘还准备捅第二下，却被小潘抓住了手腕，他把头一低，像是一头年老的牛一样，一头撞上了小潘，用脑袋顶着他，张嘴咬向他的胳膊。

小岗这时才反应过来，连忙冲了过去，和小潘一前一后，把浑身颤抖的老刘给拉了下来。

老刘那时候已经糊涂了，只知道死死瞪着小潘，两眼里全是血丝，嘴里含糊地喃喃自语：

"不要欺负我女儿……我跟你拼命……"

"我……我跟你拼命……"

后记

后来因为这件事，我们把小潘以"散播报复性言论"为由，列入了必接必送的特管犯名单，送到了他老家的政府，跟社区矫正部门完成交接，要求当地政府做好对他的刑满后看管和矫治工作。

而老刘，无可避免地被取消了之前几年所有的减刑。

出于对他特殊情况的考虑，最终监狱没有按照"故意杀人"给他的行为定性，而是以违反监规纪律，以他犯打架斗殴的名义，扣分严管处理，没有再给他额外加刑。

再往后，我因故被调离监狱系统后，就没有再见过老刘，也没有听过他的消息。

算算时间，也许他已经刑满回家了吧。

第八案

蒋集的小船

/ CHAPTER
08

第八案

蒋集的小船

#01

1996年春天。

一条公路穿过一个名为蒋集的偏僻村庄，覆盖了村头那条不知道走了多少年的土路。公路把蒋集一分为二，村子南边的住户都是农民，扛着锄头面朝黄土背朝天，靠着地里的生计过活。而剩下的北边的住户都是渔民。

蒋集的边上是一片大湖，据说有上百万亩，一眼望不到边。蒋集的老百姓世世代代生活在水边，靠水吃水，自古就以打鱼为生，渔民们吃住都在水上。撒网捞鱼是靠老天爷吃饭的行当，故而封建迷信的风气在村子里十分盛行，家家户户的灶台上都供着神像，祈求神灵赐福，保佑平安。

蒋集村有位画师专给渔民画神像，据说他的神像画工非比寻常，好比道士的符箓，是真的能上感星宿、祈抵神灵的。蒋集虽然小，可蒋家的画像却很有名气，号称"蒋半江"，意思是半条长江上来来往往的渔船，挂的都是他们家画的神像。

每年二月初，蒋集都会举办一场热热闹闹的迎春神祭，南边的农户祈求风调雨顺，北边的渔民祈求出入平安，就在画师家的大院子里，挂上里里外外数不清的神像。蒋集人信一句话，叫"家宅有神百零八"，意思是一户人家里，起码有一百零八个神明坐居其间。这么看来，蒋集人是地地道道的多神论者，也是最直接的实用主义者。不管是哪儿的神，只要能保佑自己，就去拜；而不保佑的，又凭什么吃自家的香火呢？

这一年蒋家神祭的晚上，蒋东强点了根烟，站在门外，百无聊赖地四下张望着，他只有18岁，可黑壮的下巴上已经冒出了青短的胡茬。他对神祭没有半点兴趣，因为他对整个落后偏僻的蒋集，都充满了不耐烦。他最大的愿望，是能够彻底摆脱这里，去南方闯闯，去大城市里站稳脚跟。两年前他就逃了学，坐上一辆摩托车，跟着表哥出去闯荡过了，可不到半年的时间，他就灰溜溜地回来了。从那之后，他再也没有离开过蒋集半步。

因为在蒋集，他天生是个土霸王，谁都要让着他，他爸爸是蒋集渔业大队的一把手，所有渔民都要看着他爸的脸色讨饭吃。为今晚神祭画像的"蒋半江"是他的三爷，尽管他连画笔怎么握都不知道，可从他出生的那天起，名字就记在了蒋家传承的族谱上。但是到了外头，他就只是一个不折不扣的土包子。他当渔业大队长的父亲不能让扒手不偷他的钱包，蒋家的一百零八张画像也不能保佑他不挨街头混混的巴掌。他在蒋集走路的时候，尾巴都能翘到天上去，可一旦到了附近的一个地级市，他就成了大海中最不起眼的一滴水，芸芸众生中最普通的一员，谁也不认识他是谁，他也冲谁都耍不来他蒋少爷的威风。

一根烟抽了大半，边上忽然伸出一只大手，跟他讨火。

蒋东强转过头，看到一张有些眼熟，却想不起来在哪儿见过的脸。他把烟凑过去的时候，借着一点微弱的火光，注意到了对方抽的不是蒋集里常见的蓝金鹿或者白莲，而是一排洋文。蒋东强不懂它的意思，只记得好像叫什么罗什么克的，他去城里混的时候见过，那儿的大老板都喜欢抽这种，连红塔山都没它有面子。

这是他第一次在蒋集看到有抽这种烟的，他重新郑重地上下打量起了对面的人——高高瘦瘦，二十岁出头的样子，穿着时兴的皮夹克，他还没想好怎么搭话，对方却一把搂住了他，热切地喊他"强子"。

蒋东强挠挠头："你哪位？"

对面"啪"的就是一巴掌："浑蛋玩意，小时候天天喊师哥，跟在我屁股后面，让我带你出去爬树抓鸟，现在不认识我了？"

蒋东强"哦"了一声，一下子认出来了："唐老二！"

唐老二是极少数不姓蒋，却也在"蒋半江"门下学过画的徒弟。他爸是改革开放之后，蒋集里头一个敢下海做生意的狠人，据说赚了不少钱，把儿子送到"蒋半江"那儿，想让他学点本事。可惜这个唐老二和蒋东强一样，打小就被宠坏了，好吃懒做，游手好闲，学徒当了三年，本事没学会多少，倒是把恶习一个不落地全给染上了。后来没多久，唐老二就跟着他爹离开了蒋集，好些年音信全无。

"你咋回来了？这一身洋气呢。"蒋东强有些羡慕地问，他也有一件类似的夹克，但回蒋集后，他爹从来不让他穿，说穿起来流里流气，如今唐老二穿在身上，却神气得很了。

"外头混腻了，没啥意思，还是在老家快活。"唐老二说，"当年咱们拜把子的几个弟兄，现在都在哪儿了？我刚回来没两天，还没都见着呢。"

说是拜把子的兄弟，其实无非是小孩闹着玩儿罢了，里头好几个连

132

蒋东强都很久没联系了，他就叹了口气，告诉了唐老二实话。唐老二却也没在意，搂着蒋东强："没事，咱哥俩亲就行，这儿没啥意思，过两天咱们骑个车，去市里耍耍？"

这句话一下子说到了蒋东强的心坎里，他眉开眼笑，连连点头，正要答应，身后传来一个女人的声音："你在这嘀咕啥呢，去城里耍什么？又去耍朋友？"

蒋东强一回头，看到一个身材高挑的女人，肩上挎着包，一头时兴的波浪卷发。她和这个土里土气的蒋集仿佛是没有交集的两个图层。她身后有好些个男人频频回头望着，小声嘀咕什么，又咧开嘴不怀好意地笑，蒋东强不用听都知道他们口里会说些什么不三不四的话。因为如果他在那儿，他也会那么说。

唐老二也笑了，他把烟掐灭在地上，整了整衣领，对蒋东强说：

"喊嫂子。"

#02

唐老二离开蒋集四五年，回来的时候，没承想竟然已经结了婚，而且还是娶了这么一个漂亮到整个蒋集打着灯笼都找不到的城里女人。蒋东强又是羡慕，又是犯嘀咕：这好端端的城里日子不过，唐老二还回来干什么？

嘀咕归嘀咕，接下来的个把月，两人很快就恢复了以前的熟络。吹牛、抽烟、喝酒，去城里看录像片，眼瞅着比亲兄弟还亲几分。

蒋集沿着湖边，依次坐落着不少土砖黑瓦的老房子，它们木门斑驳，篱笆残破，没有半点人气儿。这些都是渔民们岸上的住所，可渔民们一年三百六十五天，倒是有三百六十天在自家的渔船上生活。上百万亩的大湖碧波荡漾，一眼望不见边，除了蒋集之外，湖畔的好几个村子，都在湖里分片包干，养了鱼苗。在湖里分片可不比岸上分田，阡陌纵横，一眼看得清清楚楚，湖里家家户户的鱼塘，都是插着几根竹竿子，作为标记。湖里围着竹竿拉上渔网，把自家的鱼养在网里头。外人过来一看，湖里密密麻麻都是竹竿，什么都分不清楚；可本地人只要看一眼就知道这是谁家的塘子了。

为了防止自家鱼苗被偷，每家的渔船都停在塘中心里，吃住和捕鱼都在船上，这艘船才是每个渔户真正的家，岸上的屋子只是用来暂时歇脚的。甚至每家的孩子，都是从小在湖心里长大。附近几个村子联合起来，在湖中心用铁链拴了四艘老渔船，将它们排排拼在一起，组成了一所湖上小学。在那个年代里，蒋集的孩子们都是在这所特殊的湖上小学读书长大的。

唐老二是个例外，他带着自己的老婆一直住在岸上。他家宅子本来破旧狭小，他爹赚了钱后，买下了隔壁两栋屋，都给拆了，在那块地皮上盖了一栋两层的小楼。小楼几年没住人，如今唐老二回来，倒是收拾妥当住了进去。蒋东强这些日子已经把唐老二这几年在外头的事情弄清了七七八八，知道他爹生了一场大病，没熬住就走了，家里的财产被亲戚和小老婆分了个干净。等唐老二赶回去参加葬礼的时候，几乎没啥剩下给他的了，就只留了这间屋子的钥匙。唐老二一夜之间从纨绔跌落成了贫农，没奈何，只能带着当时相好的灰溜溜地回到蒋集。这个相好的叫李红，本来是城里的交际花，使尽了一身的本事，才骗得唐老二一时上头，跟她领了证结了婚，谁想到刚一结婚，唐老二就破产了，气得她走也不是，留也不是，就只能靠着唐老二手里剩下的这点钱，先将日子过一天是一天。

可唐老二本来就是挥金如土的德行，手里剩下的那点钱，不过月余就花个了干净。蒋集人大多好水性，靠打鱼吃饭，唐老二他爹留了这个

134

宅子，自然也有相应的鱼塘，可唐老二哪里会经营什么渔业？几年没回来，鱼塘早成了荒塘，再要从头开始置办鱼苗，赚辛苦钱，他一做不来，二没有耐性。

这一个多月下来，他和蒋东强称兄道弟，无非是想攀上渔业大队这根高枝儿，指望着蒋东强让他爸给自己找个差事。可没想到蒋东强的爹是个精明人，他知道自家儿子没出息，就把家业统统交给了女儿打理，每个月就给儿子一些钱过活，只求他能传宗接代、成家立业，根本不给他半点权力。蒋东强自己觉得成天这么混着也挺舒服，压根儿没有上进的念头，如今有了唐老二这个玩伴，日子更加快活。在他眼里，唐家那可是蒋集头号有钱的主，没想到的是，其实唐老二早就落魄了。

眼看家里就快揭不开锅了，唐老二动了歪脑筋，打起了各家鱼塘的主意。

起初，他想趁着天黑偷鱼，可他这点水性，哪儿斗得过身家性命都在船上的渔民们。不但黑灯瞎火地挨了几下狠的不说，还差点连命都丢在了湖里。

唐老二一身是伤地回到了家里，没能偷到鱼，还要挨李红的白眼。唐老二的浑脾气顿时发了起来，二话不说，抡圆了膀子就给了李红几个耳光，还扬言要在这儿弄死李红，把她沉进湖里都没人知道。李红哪见过他这么凶狠的一面，顿时被打怕了，捂着脸，只是呜呜地哭，唐老二被她哭得厌烦，忽然把心一横，琢磨出了一个缺德的法子。

第二天，唐老二来找蒋东强，请他晚上到家里来喝酒。蒋东强自然欣然应约，到了晚上，湖上的渔船家家户户点起了蜡烛，湖光烛影相映成趣，煞是好看，湖边上却黑黢黢的一片，显得鬼魅至极，只有唐老二家的小楼上亮着灯光。唐老二和蒋东强推杯换盏，称兄道弟，没一会儿就喝得醉意盎然，满脸通红。

偏偏就在这时，桌上的两瓶酒被干了个底朝天，唐老二骂骂咧咧地站起来，在家里摸了一圈，没摸着半瓶酒，蒋东强就嚷嚷，说他回家偷两瓶来。唐老二却把他摁回了位子上，说："今天哥哥做东，哪有你去拿酒的道理。这样，你在家里歇着，我骑着摩托，去买点好酒回来。"

那时的蒋集，天一黑就万籁俱寂，压根儿没有还开着门的小卖铺，想要买酒，最近都要往二十多里外的城里去，蒋东强让他不用这么费事，唐老二却不顾蒋东强的阻拦，非要今晚买到酒不可，拿起钥匙下了楼。很快，楼下传来关门的声音，一阵摩托车突突的响声，显然是唐老二去得远了。

蒋东强一个人留在屋里，又没有酒喝，正感到无聊，忽然听见隔壁传来了哗啦啦的水声。

他心里一动，悄悄地摸到楼梯口，往下一看，只见偏房的楼下亮着一点光，隔着窗户，隐约能看到女人在洗澡。

渔民干的是苦行当，湖里长大的男孩，吃苦吃得早，长也便长得快。在那个年代里，年纪轻轻就开始抽烟喝酒、打鱼抛网，都是再常见不过的事情。有些发育早的，到了蒋东强这个年纪，芦苇丛早不知道钻过多少回了。

蒋东强酒过三巡，正是亢奋的时候，哪里受得了这个诱惑，哼哧哼哧地下了楼，装作找东西的样子，就凑到了偏房的门口。

偏偏就在这时候，李红在屋里叫了起来："唐老二！唐老二！把我的毛巾拿给我！"

蒋东强轻轻一碰屋门，竟然没有反锁，嘎吱一声，开出一条缝来。屋里水气升腾，灯光氤氲，正是满室春光。蒋东强又是兴奋，又是紧张，连话都不敢说了，只瞪大一双眼睛，盯着门缝里看。

136

过了一会儿，似乎是听着门外没有什么动静，忽然嘎吱一声，门被从里面拉开了，李红一身是水，用毛巾捂着胸口，赤着一双长腿，就这么站在门里，恰好和蒋东强四目相对。

蒋东强只觉得脑袋里"嗡"的一声，什么都抛到脑后去了，眼里只有眼前这个女人。

李红似乎被蒋东强的眼神吓到了，连说了两句："你，你……"

蒋东强再也按捺不住，一把扑进了偏房里，将李红狠狠地摁到了墙上。

#03

"强子，你是人还是畜生？！"

堂屋里，唐老二叼着根烟，手指着蒋东强怒骂，瞪大了眼睛一副要把蒋东强吃掉的神情。

李红此时早已穿好了衣服，冷冰冰地一言不发，侧着脸坐在旁边的椅子上。

蒋东强一米七八的个头，原本壮得像头熊，此时却仿佛被抽去了脊梁骨一样，瘫在地上，抱着头，一言不发。

"这是你嫂子，你这么干，对得起我唐老二吗？走，跟我去渔业大队，我去问问你爸，去问问咱师父，让蒋集的街坊乡亲们都来评评理！我还要去派出所，我要告你个流氓罪，让你吃不了兜着走！"唐老二越说越激动，拖着蒋东强就要走，蒋东强只是拼命摆手，一个字都说不出来。

在那个年代，流氓罪是一个相当严重的罪名，谁都不敢沾边。

就这么僵持着骂了一会儿，唐老二似乎解了气，来回踱了几步，往另一张椅子上一坐，冷冷道："强子，咱哥俩一场，我也不是非弄死你

137

不可，但是你睡了你嫂子，不能白睡。"

蒋东强像是抓住了救命稻草，连忙爬起来，开始从口袋里掏钱："二哥，我给钱，我把所有的钱都给你，我跟嫂子赔不是，我给你们磕头！"

"放屁，你有几个钱我不知道？就这点钱，你打发叫花子呢！"唐老二翻着白眼，终于图穷匕见，"强子，你要是真心悔过，就陪你二哥干点大的。"

蒋东强还没明白唐老二的意思，怔怔地问："什么大的？"

"偷鱼。"唐老二轻声说道。

蒋东强愣在那儿，过了一会儿，才又问道："然后呢？"

"偷鱼啊，还有什么然后？然后拿去卖啊。"

"就这？"蒋东强不敢置信。

"你还想怎么？"唐老二板下一张脸。

"没问题，偷，二哥，我带你偷！你水性不好，交给我，我给你把地篓子放得明明白白！"

蒋东强大喜过望，对于他来说，偷个鱼、拉个网，那都是家常便饭，看在他老子的分上，谁都不敢为难他。有时候湖里的巡警看到了，都装作没看到的样子。蒋东强年少的时候偷了好些，很快就觉得没意思，就再也没这么干过了，可是手艺还在。要是带着唐老二偷点鱼，就能把这件事遮过去，对他来说简直是天上掉馅饼。

两个人说干就干，划着一艘小船，趁着月色进了湖。

在湖里偷鱼有讲究，不是在湖上趁人不注意捞一网就跑，这样没什么收获，也容易被其他船看见。蒋东强带着篓子和网绳，扑通一下就进了水里，找了一处竹竿边上的渔网，用随身带的小刀割出一条口子，把自己带来的篓子扣在上头，用网绳扎好，才从水里冒出头来。两个人不急着走，而是一人点了一根烟，在船上相顾无言。蒋东强是不敢说话，

138

生怕再次惹怒了唐老二。唐老二则是在想,这件事到底该怎么收尾,才能把这票活干成长久的生意。

思来想去,唐老二决定,得把李红当鱼钩,让蒋东强这尾大鱼,牢牢钓在自己竿上。

很快到了后半夜,蒋东强再次下水,过了一会儿,唐老二感觉到他在下面扯动绳子,连忙往上提鱼篓,结果沉甸甸的,险些没把小船给弄翻了。唐老二万万没想到,偷一次鱼,居然能偷到这么多。最后还是蒋东强上了船,和他一起悄悄地把鱼篓浸在湖里,划着小船到了岸边,这才把满满当当的一大篓鱼拽上了岸。

唐老二见猎心喜,生怕夜长梦多,把鱼胡乱分装成几箱,准备趁着天亮就往城里的市集送,蒋东强讪讪地站在一旁,问唐老二,这事是不是就算过去了。唐老二一摆手,让他先回自己的小楼,说:"累了一晚上,李红在家里给你下了鸡蛋面,热腾腾地吃完,擦干身子洗个澡,再回家睡觉。"

蒋东强连连摆手,他现在哪还敢去唐老二家?唐老二却只拍了拍他,说:"去吧,你嫂子把早饭都准备好了,你以后总不能不见她了吧,去吃个面,把话说开,以后都还是一家人。"

没办法,蒋东强硬着头皮,一个人湿漉漉地回到了唐老二的小楼,一进屋,就看到李红在厨房里忙活。蒋东强低低地喊了声嫂子,不敢抬头,李红"嗯"了一声,过了半晌,端了碗面走到堂屋,放到蒋东强面前。

蒋东强有些手足无措,不知道该说什么,李红也不看他,只说了一句话:"你哥怪你,我可没怪过你。"

蒋东强愕然抬头,看到的却是李红走向偏屋的背影。很快,灯光亮起,偏屋再次传来了让他心跳加速的哗哗水声。

139

#04

　　就这样，蒋东强和唐老二夫妇成了知根知底的"一家人"。

　　偷鱼不是明面上的营生，唐老二心知肚明。他东拼西凑，靠着父亲以前的声望，和从城里搞到的钱，在岸边家门口开了个小卖铺，平日里卖卖油盐酱醋，兼卖烟酒，有李红坐柜台，蒋集的老少爷们都乐意来照顾这个漂亮的城里女人的生意，一来二去，倒也赚了些钱。而背地里，隔三岔五，他就喊上蒋东强一起，进湖里偷鱼，做这没有本钱的买卖。

　　蒋集这片湖真是大得惊人，一眼看不见边，宽得跟海似的。在里头养鱼的渔户，算上周边大大小小的其他村子，没有一千也有八百。两个人从不盯着一家反复偷，今儿这边偷百八十斤草鲢，明儿那边摸几十条石斑，后天顺手去对面黄鳝池里狠捞一把。俗话说"常在河边走，哪能不湿鞋"，有几次被主家发现了，唐老二以为要挨打，还没等跑呢，主家看到蒋东强那壮实的身躯，又想起他背后的渔业大队，倒是先认怂了，只敢骂骂咧咧假模假式地赶他们走，绝不敢让他们把鱼还回来。

　　蒋东强心里有分寸，绝不在同一家偷第二次，而且偷的量虽然能让主家心疼好一阵子，却也没到伤筋动骨的地步。主家只能自认倒霉，当作给渔业大队交保护费了。甚至有两回遇上了夜里的巡船，唐老二吓得要跑了，蒋东强却笑眯眯地迎了上去，这个喊叔，那个喊哥的，发了两根烟，在彼此船头扯了会儿闲篇，巡船就直接开走了，问都不问蒋东强大晚上的在湖上干吗。

　　唐老二终于明白了，原来满湖的渔民都以为，这渔业大队家的大少爷是来湖里捞零花钱来了，根本没人敢拦着蒋东强，于是胆子越发大了起来。

140

每次偷完鱼，唐老二就赶早把鱼运到城里去卖，蒋东强则去他家里，吃一碗嫂子亲手做的鸡蛋面。其实李红并不太擅长做饭，煮个鸡蛋下个面条，已经是她的极限了，但蒋东强怎么会在乎呢？醉翁之意不在酒，在乎的是嫂子这个人。一来二去，他和李红越发打得火热，有时想嫂子想得睡不着，就大晚上主动来敲唐老二家的门，说找到个新塘子，要带他去偷鱼。唐老二看破不说破，嘴上笑眯眯地答应，心里早给蒋东强唾了一万口唾沫。

一转眼，从1996年到1998年，日子就这么在偷偷摸摸中过去了。

蒋东强已经过了20岁生日，从最早的害怕紧张，到后头的食髓知味，再到如今的驾轻就熟，过了两年神仙般的快活日子。与其说唐老二是睁一只眼闭一只眼，不如说是主动纵容。至于李红，她本来就对唐老二怀恨在心，如今蒋东强听话懂事，加上他铁塔般的身子，自然让她来者不拒，三个人就这么保持着微妙的平衡，谁也不准备打破。

可没想到，蒋东强的父亲，打破了这个平衡。

1998年夏天，蒋东强回到家里，忽然得知自己被定了亲，女方是隔壁魏集家村支书的小女儿，和蒋东强以前一起读过两年书，算是认识。双方家长已经协商完毕，完成了文定仪式，准备等吹吹打打的程序走完，就让两个孩子去领证。

婚事来得太突然，砸得蒋东强晕晕乎乎的，可他也并不是太抗拒。一来他记得魏集那个女孩，在读书的时候就很秀气，经常被班上的男孩子欺负，那个时候被欺负得多，是可以和暗恋者多画等号的；另一方面，他对李红也有些腻了，如果趁着这个机会，和那两口子告别，开始新的生活，也未尝不是一件好事。

于是他就这么顺水推舟地答应了家里的安排，还兴高采烈地给唐老二和李红递了喜帖，告诉他们自己快要结婚了，以后就不能跟他们一起偷鱼了,希望哥哥嫂嫂也来喝一杯喜酒。到时候,江湖路远,以后有缘再见。"

唐老二拿着喜帖没作声,李红也不说话,过了一会儿,唐老二笑眯眯地开口说:"恭喜强子,成家立业是好事。这样吧,等结婚前,咱们一起去干最后一票大的,干完你收手,我和你嫂子到时候来参加你的婚礼。"

蒋东强连连点头,笑得嘴都咧到了耳后根。

#05

半个月后,湖边,深夜。

一艘小船从湖心悄悄划到岸边,蒋东强还是一样湿漉漉的,头发、眉毛全湿透了,只看他的样子,也分不清到底是湖水还是汗水。

这最后一趟买卖,蒋东强给足了唐老二面子,连地篓子都多带了两只,这一趟满载而归,沉得唐老二的小船都差点兜不住,几次险些控制不住重心,被篓子里的鱼拖歪了方向。要不是蒋东强掌着船,怕是早就人仰马翻,掉进湖里了。

到了岸边,拴好鱼篓,蒋东强从包里掏出两瓶酒和一碟菜,对唐老二说:"今天是咱哥俩最后一次联手了。二哥,别急着去卖鱼了,咱们喝两杯,喝完我直接回家,嫂子的鸡蛋面我就不吃了。嫂子是个好女人,哥哥你跟她好好过日子,以后你们就是我蒋东强最亲的哥嫂,逢年过节我提着礼来看你们。"

唐老二没说话,闷了一口酒,夹了一口菜。就这么喝了三五杯,他忽然放下筷子,说:"强子,你还真打算扔下你哥哥,自己跑了啊。"

蒋东强愣了一下,说:"二哥你什么意思?"

唐老二冷笑一声,说:"我没什么意思,就是你既然上这条贼船了,就别打算下去。什么最后一次不最后一次的,你结婚归结婚,咱偷鱼归偷鱼,一码归一码,互不相干。"

蒋东强急了,说:"你不是答应我了,说好这是最后一次吗?你现在这是什么话?"

唐老二一拍船舷,说:"蒋东强,你睡了那么多次李红,就拿这点鱼来糊弄我?你倒打的好算盘!我告诉你,有我唐老二一天,你就得跟我来偷鱼。你敢不来,我就把你干的事昭告天下。结婚?你别做梦了!"

蒋东强万万没想到唐老二会说出这么一番话来,又急又气,怒火中烧,指着唐老二的鼻子骂道:"姓唐的,你到底想怎么样?"

唐老二跷着二郎腿说:"我不想怎么样,话我都说明了,下周的今天,咱们湖边再见。你敢不来,第二天我就让全蒋集的人都认识你,让你大少爷好好出出名。"

唐老二话音刚落,就见蒋东强阴沉着脸站起来,揪住了他的领子。

"唐老二,你再说一遍?"

"说就说,我说你蒋东强——"

蒋东强的拳头哐的一声迎面砸了过来,就这么和唐老二扭打在了一起。论拳脚,唐老二怎么是蒋东强的对手,可他下三烂的手段多,抠眼、挖裆、咬脖子、掰手指,一时间把小船挤得是东摇西晃,摇摇欲坠。

眼看两人越打越凶,蒋东强想起唐老二说的话,又是心寒,又是怒火上涌,恨到极点时,再也顾不上许多,从怀里噌地掏出割绳子的刀子,对准了唐老二的脖子就是一捅。

刹那间血流如注,唐老二瞪大双眼,直到断气前,他都不敢相信,自己会死在蒋东强的手里。

杀了唐老二后,蒋东强喘着粗气,索性把心一横,一不做二不休,留着李红这个活口,他杀唐老二的事情就会暴露。于是他擦干身上的血迹，走到唐老二家的小楼门口。李红还在睡觉，迷迷糊糊听见蒋东强说他们下网捞出宝贝了，唐老二守着船呢，让蒋东强喊她去看。

一听到宝贝，李红顿时睡意全无，匆匆忙忙穿好衣服，跟蒋东强来到了船边上。她探头往里一看，却什么宝贝都没看到，只看见了唐老二仰面朝天的尸体。还没来得及尖叫，蒋东强朝着她后心就是一刀，把李红也给杀了。

连杀了夫妻两人，蒋东强这才冷静下来，心想着绝不能让人发现，必须毁尸灭迹。他没处理过尸体，却和唐老二一起看过不少电影，于是学着那些桥段，匆匆拆下鱼篓，把里头的鱼都放回湖里，篓子直接扔了，用拴篓子的绳子绑在尸体的脚上，绳子的另外一端系在大石头上。蒋东强带着两具尸体和两块大石头，划船到湖中心，然后把尸体往湖里一扔，石头顿时带着尸体沉进了湖底。他跳下了船，把这艘小船狠狠凿沉，自己则趁着夜色，向着岸边悄悄游去……

#06

2016年，我第一次见到蒋东强。

那时全省新一批分流的精神病犯到我们监狱试点关押，老病残监区理所应当地成了接收这批犯人的主力。

监区大门打开后，几十个精神病犯排成两列，缓缓走了进来。说"走"，其实并不妥当，里头有不少奇形怪状的，有坐轮椅的，有被搀扶着的，甚至有抬着进来的，场面堪称壮观。而一想到眼前这些特殊犯人接下来就要由我们分管，监区的狱警没有一个不是愁眉苦脸、唉声叹气的。

那个时候，与身边那些或目光呆滞、喃喃呓语，或蓬头垢面、不成人形，甚至直接没走两步就倒在地上、口吐白沫、手指抽搐，需要紧急抢救的犯人相比，蒋东强显得格外正常。他皮肤黝黑、身材瘦削、佝偻着背，看上去三四十岁年纪，眼眶深陷，沉默寡言，就这么安安静静地走进自己的监房里，没有引起半点多余的注意。

也正是因为这样的表现和给人的第一印象，起初，他被我们分到了"轻度病症，易于管理"那一类，没有被重点关注。

他的问题，在来了一个多月之后，才渐渐浮现出来。

起初只是有一些异味，后来渐渐演变成了难以忍受的恶臭，像是浑身都散发着腐烂的味道。同监监视他的特岗犯都受不了了，纷纷向我们汇报。这时我们才知道，一个多月来，蒋东强没有洗过一次澡，没有洗过一次脚，甚至连脸都没有洗过一次。

他的病情档案里，记载得非常简略，只说该犯人怕水，存在一定的认知障碍。

可我们没想到，他的怕水，居然怕到连接水洗脸洗脚都做不到。

和他之前所在的监狱沟通后，我们才得知，为了怕给我们留下不好的印象，送来之前，他们特地安排了四五个犯人，人手一条毛巾，沾湿后把他里里外外擦得干干净净，才送到我们这儿来。他在原监狱服刑改造十多年了，和现在的样子如出一辙。他不能用脸盆接水，不能进浴室，甚至用大一点的杯子装满水靠近他的时候，都能刺激到他。

起初我们按照原监狱的建议，安排了几名犯人给他擦拭身体，他倒是很配合，还会向这些犯人道谢，并非无法沟通。看到他的精神相对稳定，我拿着档案，和蒋东强进行了第一次谈话。

这次谈话是以一场始料未及的尴尬开始的。

"这么怕水，小时候掉进河里被淹过，留下的心理阴影？"我一边摊开档案，一边开玩笑地问。

他摇了摇头："我是在湖边长大的，渔民，回水里跟回家一样。"

就这样，对着他的判决书，我听蒋东强缓缓给我讲了他的过去，关于他的结拜哥哥和嫂子，关于蒋集的渔民和塘子，关于那片隐藏了无数秘密的巨湖。他从18岁那年开始，被引诱，被设套，最后一步一步走上杀人道路。

故事的最后，他游离了那片湖，而唐老二和李红的尸体，都随着石头被沉进了深深的湖底。用不了多久，他们就会被鱼群啃食，化作一摊白骨，永远地沉睡在湖底的泥土里。

蒋东强是这么打算的。

"那这件事是怎么被发现的？两人失踪，警察找到你了？"

"找不上我的。唐老二他们本来就是没钱了回蒋集躲债的，跟谁都不熟，忽然两口子又搬走了，太正常不过了，谁也不会怀疑他们死了。更何况，蒋集派出所的人跟我爸都是铁哥们，谁会去查自家大侄子呢？他们刚失踪的时候，我爸还说他们走得好，省得带坏我呢。"

"那是怎么案发的？"

蒋东强没有说话，脸上浮现出很复杂的表情，似乎想告诉我什么，可深深的恐惧攫住了他的喉咙，他一个字也说不出，喉咙里发出咯咯的声音。过了很久，他把脸深深埋进了双手里，再也不说话了。

我知道，从他这儿问不出什么结果了，哪怕强行问出来，恐怕也会极大地刺激到他，这并不是我们想看到的。为了找出他的病根，我给他之前所在监狱的医院打了一个电话，找到了负责他病情的医生。

没想到的是，从医生那儿，我听到了一个既惊悚又好笑的结果：

"……这个蒋东强，他看电影也不仔细，学人沉尸体没学到关键。他用石头把人沉下去，头和脚都得各绑一块啊，他就给尸体的脚绑上了，用的还是鱼篓的绳子。那绳子才多长，你想想。就在沉尸后没几天，他自己心虚，一大早趁着没人，在湖上划船，看有没有出什么岔

146

子。结果湖上雾蒙蒙的，他划到湖中心，一低头，看到水里浮出半个脑袋，他嫂子的一双眼睛，就这么露出水面，直勾勾地盯着他看……"

医生的描述让我毛骨悚然。挂掉电话后，我尝试着理解了一下，终于明白了。尸体沉下去几天后，被吃了一部分，又泡得肿胀了起来，所以开始往水面上浮。石头在湖底，绳子的长度加上尸体的高度，不知道该不该说是冥冥之中自有天意，刚好浮出了小半颗脑袋露在水面上，蒋东强自己撞个正着，当场被吓疯了。

不过比起这个缘由，我更在意的是医生有意无意提起的那段话：

"……这个故事蒋东强估计也讲给你们听了，给我们也讲了不少遍了。当时他进来，死者两口子都被杀了，具体情况只有他自述的口供。后来没多久他就有精神病了，反反复复折腾了好久，中间有两次想保外就医，都被政策卡住了，没保出去……"

"……现在政策越来越严，想再保出去，难啊……"

"……你回头跟他多解释解释政策，没准儿哪天，他的病就好了呢……"

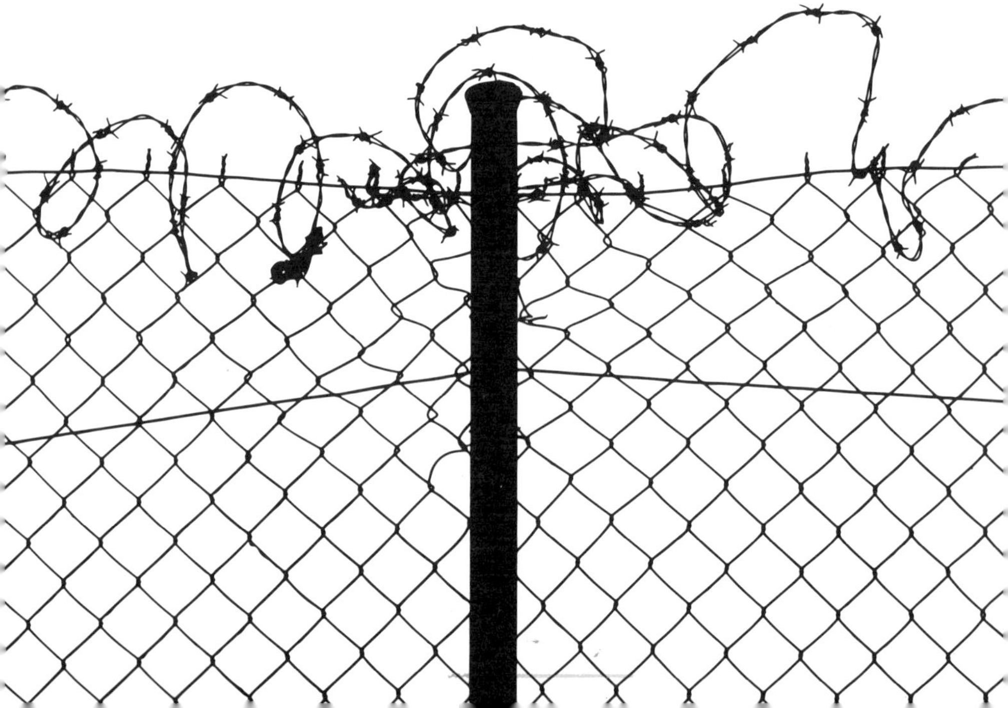

第九案

3.5 厘米的伤口

/ CHAPTER
09

第九案

3.5 厘米的伤口

#01

2017年9月13日，下午2点32分，七监区生产车间。

沈庆的暴起没有任何预兆。

七监区负责的劳动任务是生产服装，车间里有整套的加工流水线。每个犯人都坐在自己的工位上，每条流水线都有1名民警和2名犯人组长同时巡视。在这里，任何除了生产劳动以外的行为——比如喝水和上厕所，都必须要汇报，经批准后才能进行。

生产服装最不可或缺的就是剪刀，这种生活中常见的锐器在监狱里就是最危险的武器。监狱在这方面的安全上下足了功夫。

车间里的剪刀很小，形制也和普通的剪刀不同，更像是一把微缩轻薄的钝口钳，尖端是圆的，内侧才开刃，大约只有10厘米长，其中7厘米左右是塑料柄，只有剩下3厘米的金属部分才是剪刃。这样的设计确保剪刀除了裁剪布料之外，对人的伤害性最小。

不仅如此，每把小剪刀的尾部都用一根细长的金属链子和桌角拴在一起，确保不会被犯人偷藏带走。

然而千防万防，这一天下午，还是出了事。

我是从监控视频里看到这一幕的，如果抛开这件事性质的恶劣和造成的巨大伤害的话，接下来的短短13秒钟发生的事，简直像是电影中的情节。

2点32分17秒，就在分管这条流水线的俞队长从沈庆的工位边刚刚走过的一刹那，沈庆猛地一跃而起。

他手里拿着那把裁布的小剪刀，剪刀的尖端亮着锋锐的寒光。

他从后面一把勒住俞队长的脖子，右手持剪刀从侧面捅向了后者的脖子。

俞队长个子不高，1米72左右，体重130多斤，只略比沈庆高大一点。但他反应极为迅速，在生死关头的千钧一发之际，他整个身子猛地往左边一挣，嘴里大喊："你干什么！"

俞队长还不知道攻击他的人是谁。

19秒，沈庆手里的剪刀刺进了俞队长的脖子，划开伤口，血花飞溅。

20秒，俞队长本能地转过身子，一脚踹中沈庆的小腹，右手反抓自己腰间，准备拔辣椒水瓶，可是情急之下没能解开尼龙扣。周围的犯人反应过来，尖叫声响起，三四个犯人站起身来。

21秒，沈庆捂着肚子，再次扑向俞队长，手里的剪刀尾部扯着一条断裂的铁链，直接插向他的眼睛。

23秒，俞队长顾不上拿辣椒水了，他用手臂挡住剪刀，顺手抓住沈庆的手腕，两个人倒在地上，滚成一团。

24秒，犯人们齐齐上前把沈庆拉住。从监控室里冲出了手里拿着辣椒水瓶的七监区副监区长老黄。另外几名犯人扶起了俞队长，俞队长用手捂着脖子上的伤口，鲜血顺着指缝流了下来。

28 秒，短暂控制住几秒的局势忽然崩溃。沈庆不知道怎么挣脱了右手猛地一挥，几个犯人怕被剪刀刺中，都本能地往后缩了一下。沈庆脱离了控制，像是疯了一样，第三次冲了上去。

29 秒，老黄隔着四五步远，来不及近身救援，直接向沈庆喷了辣椒水。可效果并不明显，沈庆再次扑到了俞队长的身上。俞队长身后的两名犯人吓了一跳，一个跳了开来，生怕被剪刀刺中；另一个则躲在俞队长的身后，半蹲着伸出手，抓住沈庆的大腿，往边上拉了他一把。

幸好有这一拉。

30 秒，沈庆原本刺下去的剪刀，因为自己身形不稳，再加上俞队长拼命一躲，刺了个空。沈庆已经没有时间再次收回胳膊了，干脆咧开嘴，直接咬了下去。这时候沈庆身后的几个犯人连同老黄都已经赶到，七手八脚地把沈庆拉开。老黄没有半点客气，直接对着沈庆的脸，一口气喷了半罐子辣椒水。

沈庆当场捂住脸，滚倒在了地上。

老黄一脚踢开掉落在他身边的剪刀，反手将他摁在了地上，然后用随身的无线电对讲器通知了指挥中心和医院，立刻安排另一名民警带着几个犯人将俞队长送去医院抢救。

万幸的是，经过医院的及时治疗，俞队长脱离了生命危险。但是医院出具的诊断书依旧触目惊心。

颈上伤口长 3.5 厘米，深 2.2 厘米，伤口处距离大动脉几乎是擦着过去的，但凡偏了一点点，就丝毫没有救下来的可能。

跟诊断书同时出来的，还有沈庆的第一轮询问笔录。

内容不长，但读来令人脊背发凉。

里面最重要的一段是这样的：

"你为什么要袭击俞队长？"

152

"也没啥原因。就……随便挑了一个,算他倒霉。"

#02

这件事情在监狱造成了极为严重的影响。

用监狱长的话说,这是整个监狱近十年来最恶劣的一起袭警事件。

从当天下午开始,所有劳务监区停止生产,进行全面的安全大排查,要求仔细排查每一个工位上的剪刀、每一条流水线上的工具,检查有没有任何的磨损、破裂迹象。同时,驻监武警按照监区分组,一个个地对监房进行大搜查,绝不放过任何一件违禁物品。

而我也被这件事情牵连,当晚就带着相关的档案,前往指挥中心参加事故调查追责会。

为什么会牵连到我呢?因为早在两年前,沈庆刚刚分配进监狱的时候,那时候的我刚刚参加工作不久,在入监队负责所有新犯人的"十必谈"工作。

也就是说,沈庆这个犯人来到监狱后的第一次危险级别鉴定和个体分析,是我给他做的。而我给的评价是:安全。

当然,时隔两年之后,无论沈庆做了什么,都跟我当时的鉴定没有关系。即便倒追责任怎么也都不会追到我的头上,毕竟那时候我也只是在简单的谈话和问询之后,做出一个最初步的判断而已。只不过按照流程,我还是得来参加一下这次的会议。

去之前,文教不放心,把我拉到角落里,小声叮嘱:"这事说到底跟你没关系,别自己揽责任。两年前跟你谈过一次话的犯人,哪还能记得那么清楚呢……"

我知道文教是关心我,知道我性子倔,有时候认死理,怕我招惹麻烦上身。我心里有些感动,连连点头答应。

可文教不知道的是，如果是别的犯人，我兴许真的不记得了。

那时候一个礼拜能分几十个新犯人下来，起码有一半是我谈的话，时间久了，谁还分得清哪个是哪个？

但唯独这个沈庆……我还真记得清清楚楚。

#03

我记得沈庆，不是因为他这个人，给我留下了深刻的印象，而是因为一个故事。

那是 2015 年的事情了，我刚刚参加工作没多久，对监狱生活的新鲜劲儿还没过，碰巧在入监队上班，每天最主要的任务就是跟新犯人谈话，对他们进行思想教育。对我来说，这是顶顶有意思的一件事。

每天下午一上班，我就泡一杯茶往办公桌前一坐，当天要谈话的犯人档案早已经在我桌子上了。我一边翻看着他们的档案，一边让相应的组长把他们喊到办公室门口，排着队等着我喊进来谈话。

谈话的内容很重复，大多是对着档案问他们什么罪名，为什么进来，怎么看待自己的犯罪，进来之后要怎么表现云云，很像在学校的时候，犯了错的学生被班主任叫到办公室训话的样子。有意思的不是过程，而是档案里林林总总的各种犯罪记录。

简直像是打开了一扇扇光怪陆离的大门。

沈庆的故事，就是其中之一。

我第一次见到他的时候，他刚刚理了发，头皮青楞楞的，个子不高，低眉顺眼地坐在小板凳上，八字眉耷拉着。我还没开口，他先叹了口气。

犯人初进监狱谈话，大部分是两种态度：初犯大多谨小慎微，语气里带着七分小心、三分讨好，对监狱的规矩还不了解，生怕说错了话得罪我，所以格外拘谨；多次"进宫"的老犯人则显得敞亮得多，一开口就能听出混了半辈子的那种油滑气,不用我问,就自己娴熟地把流程走了一遍,最后拍着胸脯跟我说,绝对不惹麻烦,请我放心。

沈庆却不是这两种态度,他是第一次进来,但是就这么往板凳上一坐,叉开腿,挠着头叹了口气,让我忍不住想起了总是来我家串门的邻居二大爷,差点给他派了根烟。

"姓名?"还好我及时控制住了自己,板下脸问道。

"沈庆。沈阳的沈,庆祝的庆。"

他说话的声音没精打采的,每句话的语调都向下沉,像极了他脸上的八字眉。

"哪一年的?"

"1972年。"

"什么罪名?"

"过失杀人。"

"判了多久?"

"4年。"

"怎么个过失杀人,讲给我听听。"

以上的这段问话,其实并没有什么太大的意义,因为跟他聊天的同时,我正翻阅着他的卷宗,所有的资料都记在上头。我并不是真的想知道这些,而是通过这种简单的问询,观察犯人的态度和配合情况,以及看他到底说不说老实话。

沈庆倒是问什么答什么,老老实实,只是语气总是丧兮兮的,说几个字还叹口气。听我问他犯罪经过,他弓着腰,双手笼在袖筒里,脸上浮现出不知道该从何说起的为难神色,咂了咂嘴,才苦着脸冲我说:"郑队长啊,实不相瞒,我这个罪也不算罪,就是倒霉啊。"

"倒霉?"

这个词倒是新鲜，每次问到这个问题的时候，犯人大部分会把罪责归咎为自己的冲动、贪婪，或是生活所迫，可是说自己因为倒霉而犯罪的，这还是头一个。

他却认真地点了点头，答道："说是倒霉……其实也是命，看守所待了这么久，我看开了，也认了，该赔钱赔钱，该坐牢坐牢呗。"

说完这句话，他才咧开嘴冲我笑了一下。我记得很清楚，他的脸色黝黑，厚唇，豁牙，笑起来的时候眼睛眯成了一条细缝，额头和眼角满是层层叠叠的皱纹，带着很典型的农民式的淳朴和乐观。这让我对他的印象顿时好了不少。

我随手从抽屉里拿出一个新的纸杯，给他倒了杯水递了过去。

"说吧，怎么回事？"

他接过水，也没道谢，而是冲我抬了抬手，表示客气，然后把水放在了脚边的地上，想了想，慢慢说道："我撞死了俩人。可这俩人其实不是我撞死的。但他们都说是我撞死的，最后就真成是我撞死的了。"

#04

沈庆说，那是2014年8月的时候，在他家门口出的事。

他家住农村，祖上几代都以种地为生，到了他这一代，村子里的青壮年大多进城打工去了，愿意留下来种地的不多。他图安逸，不愿进城，就干脆趁着村里人少地多，一口气承包了十几亩地，留在家里以务农为生。

夏末秋初正是农忙的时候，恰好沈庆的女儿去县城里上高中，开学在即，他老婆不放心，要把女儿送过去安顿好再回来，只留下他一个人在家里收麦子。

沈庆承包的田多，早几年买了台二手的老式收割机。他收了半辈子

156

麦子，也不用人帮忙，就自己开着收割机，从早到晚在田里忙着。

那天天气热，到了晚上6点多的时候，他干活累了，准备回家吃个晚饭，冲个凉，晚上再抓紧时间继续收麦子。农村里没啥交通规则，他就直接开着收割机，从田里一路回了家，把收割机停在家门口的路边上，进院子里自己煮面条吃去了。

一个人在家吃饭无聊，沈庆干脆又开了两瓶冰啤酒，边吃边喝，很快，外面的天就黑了下来。

吃饱喝足，他略微有了几分醉意，晃晃悠悠出了家门，把院子大门一锁，又上了收割机。

农村里干庄稼活辛苦，男人们在干活间隙，吃饭的时候喝点小酒解解乏是常态。更何况北方酒文化浓郁，村子里的人个个都能喝，两瓶啤酒压根不算酒，没人会放在心上。

至于喝完酒后开个拖拉机、收割机之类的，家家户户都是如此，更是不值一提。

【注：根据我国法律规定，酒后驾驶拖拉机亦属酒驾行为，害人害己，故事仅讲述当地民风民俗，切勿模仿。】

就这样，趁着夜色，沈庆开着收割机到了田里，继续开始割麦子。

可是开着开着，他总觉得哪里不对劲，明明没收多少麦子，但后面的收割仓好像比平时重了许多。

越开越觉得奇怪，他干脆下了车，翻上后头的收割仓里一看——月色清亮，满仓的金色麦穗里居然伸出了一个人的胳膊。

沈庆吓得满头冷汗，酒意全都散了，他连忙探下身子，一把抓住那条胳膊，猛地一拉——那竟是一具年轻人的尸体！

尸体温热，显然刚死没多久。沈庆反复检查了几遍，才确定人是真的没气了。死因是头上一处重创，血还没干，至于是谁杀的，又怎么会出现在他的收割机里,沈庆满脑子都是蒙的,完全没办法去想。

就在他六神无主的时候,借着月光,不经意地往收割机里一瞥,他差点吓得从车上掉了下去。

大把大把被弄乱的麦穗下头,居然还有半张脸!

那张脸也是惨白的,眼睛直勾勾地盯着沈庆。

沈庆说,他当时两条腿都吓软了,不知道自己哪儿来的力气,翻进了仓里,又把第二具尸体给拉了出来。

那也是一个年轻人,看起来跟上一个差不多大,沈庆觉得有点眼熟,可能是附近哪个村子的。

他小心翼翼地把所有麦穗翻了个底朝天,结果在里面又发现了一辆摩托车。

他把摩托车和两具尸体都从收割机里搬了下去,然后立刻报了警。

警方到了之后,对尸体进行了检验,确认了死者身份,是隔壁村的两个十七八岁的小伙子。当天晚上有人看见他们喝多了酒之后,开着摩托车一边大声唱歌一边飙车,尸检报告也确认了他们的血液里含有极高浓度的酒精,确系醉驾。

而死因就是二人头上的重伤,应该是在高速行驶的时候没戴头盔,遭遇剧烈撞击后致死的。

村子里没有监控录像,谁也说不清到底是怎么回事,不过警方在沈庆的收割机后面发现了猛烈撞击的痕迹,上面还有死者的部分血液残留。

沈庆说,他吃饭的时候,确实听见外头传来过一声巨响,但是等他放下碗筷,从院子里走出去看的时候,天已经黑透了,什么都没看到。他的收割机也好好地停在外头,他就没当回事,继续回去吃饭了。

他觉得是那俩年轻人喝多了开摩托车,没注意一下子撞在他的收割机上了,当场被撞死。因为他们开得太快,撞上去之后连人带车都掉进

158

了收割机后面的仓箱里。而他吃完饭出来也没注意，开着车就走，等到了田里觉得不太对劲了，才发现这俩人的尸体。

当地派出所的民警其实私下里也认可这种说法，但是他们明面上另有一套说辞。

因为沈庆报案的地方，距离事发地点已经有一段距离，存在沈庆杀人埋尸的嫌疑，而且二人确系撞击收割机而死，无法确定究竟是他们撞的收割机，还是收割机撞的他们。所以他们推断，是沈庆在撞死二人之后，试图埋尸，但是到了半途，由于害怕或者良心发现，最终选择了报警自首。

最后，沈庆被判过失杀人罪，因其自首情节，所以最后判处有期徒刑 4 年，赔偿死者家属 60 万元。

#05

沈庆讲完这个故事后，我一时间没回过神来。

他还在喃喃不休。

"……郑队长，你说遇到了这个事情，我能怎么办？我只能自认倒霉啊，这就是命。人家派出所跟我说了，我不赔钱，那谁赔钱？人死了两个，家属闹起来，只能找上我。最后判个 4 年，赔 60 万，已经是相当轻的了。我也认，就是可惜，这钱本来是我攒了这么多年，给我闺女上大学、当嫁妆用的，这下可好，一下子全都没了。"

按理说，如果这个故事不是从犯人的嘴里说出来，而是某个相识的编剧或者写手跟我提起的话，我能拍着桌子狂笑三分钟，然后把写有故事的稿纸撕了让他自己吃下去。

这个故事太离奇了，破绽和巧合也实在太多了。

姑且不提这么大一个收割机停在那儿，得喝成什么样才能撞上去，就算真的撞上了，就这么一下俩人就当场撞死了？撞死了还刚好连人带车掉进收割机仓？民警在没有任何证据的情况下，就给断案判刑了？他坐了4年牢，赔偿60万，就轻易认了？

可是卷宗明明白白地摆在这里，上头写的所有内容都和他说的完全吻合。

没有监控，没有证物，没有证言。

就只有轻轻薄薄的一张纸上写着：他酒后驾车致二人死亡，事后试图埋尸田中，半途报警自首。他和死者没有任何渊源或纠葛，互不相识。

没有写谁看到了这一切，没有交代他为什么要转移尸体，也没有写明他为什么忽然报警自首。

一切顺理成章，却又透着一股说不出来的怪异。

最让我无法理解的一点是，如果这个故事真的是他编出来的，那他都已经被判刑了、坐牢了、赔款了，甚至也服从判决了，一切都已经尘埃落定，他再跟我讲这么一个荒诞的、破绽百出的故事，目的又是什么呢？

那一刻，我的脑海中忽然浮现出一句我最喜欢的话：

"生活才是最好的小说家。因为生活永远不需要考虑所谓的'可能性'。"

我转过头看着沈庆，他也在看着我，脸上仍然挂着苦笑和无奈，弓着腰，把手笼进了袖筒里。

我想了一下，最后还是在他的鉴定表上填了"安全"。

#06

之后的两年，我一直记得这个故事。

监狱的档案室里，比这个更加悬疑、比这个更加惊悚，甚至比这个更加血腥暴力、刺激眼球的故事多的是，可唯独这个故事让我记了很久。

因为它没有真相。

我之后没怎么见过沈庆，甚至连他长什么样都已经记忆模糊了，脑海中只隐约记得他笑起来的样子，还有说话时候的神情，那种有些苦恼、有些焦急又有些自认倒霉的神态却随着五官的淡化而越发清晰。

他的犯罪故事，我特意拿来请教过身边的法院同事，他们听完之后都摇摇头，说必须要看到具体的卷宗才能评判，如果光听我的描述，觉得是有点问题。

说完之后，他们忽然又补充了一句："是法理上的问题，不是执法上的。"

说完他们就意味深长地笑了笑。

我也跟着笑了笑。

我想，除了沈庆自己，也许永远都没人知道这个故事的真相了吧。

#07

我带着档案，一边这么胡思乱想着，一边赶到会场的时候，发现那里已经密密麻麻地坐了二十多人。

会场气氛压抑而肃穆，我猫着腰蹑手蹑脚地坐到了最后一排。

大屏上正在放着沈庆袭击俞队之后的审讯录像，我一眼就认出了他的样子，两年前的记忆重新苏醒过来。他的神态和长相在这两年里几乎没有任何变化，仍然是那个样子，半低着头，每句话的语调都向下沉，透着一股苦气。

前排有两个民警在交头接耳。

"……说是报复性袭击，老俞算是倒霉，正好撞上了，跟他啥关系没有，差点白白丢了命。"

"……这犯人是遇到什么事情了？他们监区怎么没掌握情况？"

"……听说没有任何事，但是这个犯人已经预谋很久了。车间桌子

161

上的小剪刀是他偷偷摸摸把尖头磨开了刃,就每天在桌角上锉一点。铁链子也是被他硬生生一点点锯开了个小口子。你说这中间也没一个人发现……这还得亏是老俞反应快,换我的话,说不定就真给捅死了。"

"……这犯人下手也够狠的,直接捅脖子,还横着拉……就是奔着杀人去的吧……"

我在后面听着,心里越来越凉。

我完全没有办法把他们所说的这件事,和记忆里那个坐在小板凳上笼着手、弓着腰、垂着八字眉、轻声细语地跟我讲他那段离奇故事的沈庆联系在一起。

听着听着,我鬼使神差地抬了抬头。

眼前的大屏幕上,沈庆的脸对着摄像机,自然而然地笑了笑,仍然是那种有些苦恼、有些焦急又有些自认倒霉的表情。

"……也没啥原因……

"就……随便挑了一个……

"算他倒霉吧。"

后记

关于沈庆的故事，这些年再想起的时候，我逐渐释然了很多。

那个车祸的夜晚就像是一个永远打不开的黑匣子，谁也不会知道真相究竟是什么。沈庆自述了一个版本，而司法机关选择了另一个版本。沈庆没有抗拒，他坐了牢，也赔了钱，只是坚称自己的版本才是真相。

后来的提审中，沈庆说自己就是感觉憋屈，所以选择报复监狱。其实准备动手那天，老俞并不是他的第一目标，而是第三个路过他的民警，只是前两个年轻民警高高壮壮，他没把握动手。到了老俞的时候，看他个子矮小，年纪又大，这才捅了上去。

在监狱的这些年，我遇到过很多穷凶极恶的犯人。如果说到反社会人格的话，我第一个想到的是孙超，而第二个跳进我脑海里的名字，就是沈庆。

和孙超的坏在面上、所有人都看得见不同，沈庆永远是一副愁眉苦脸，耷拉着眉头叹气的样子，看上去就和一个普通的中年农民没有任何区别。可只有了解他做了什么事的人才知道，这个"老实巴交"的农民，或许压根儿没把人命放在心上，无论是别人的，还是他自己的。

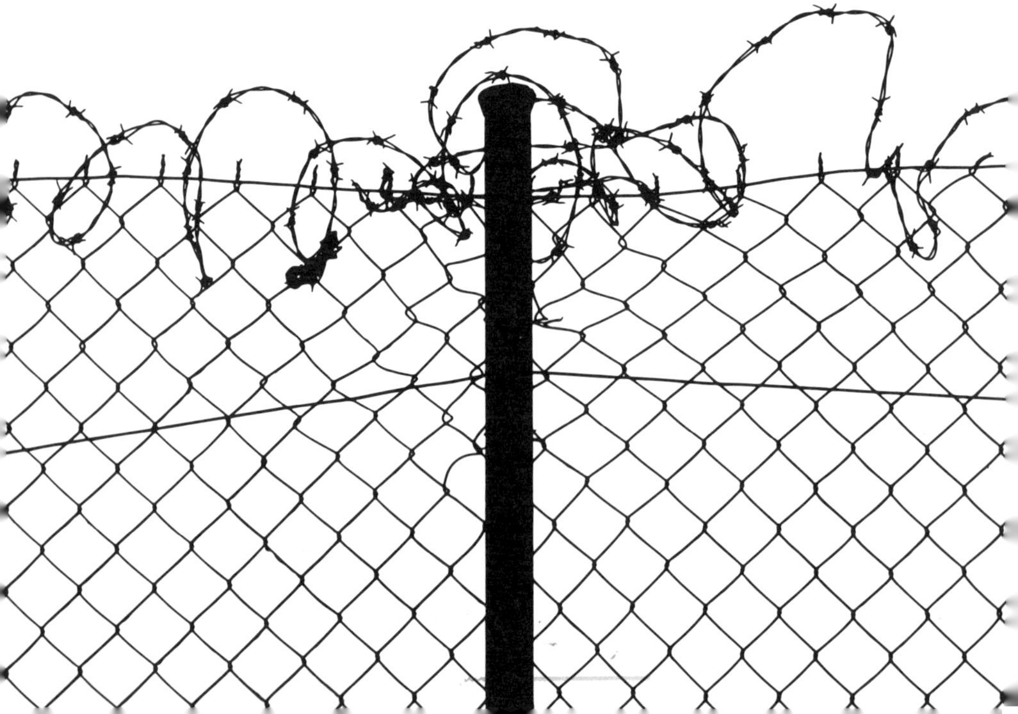

第十案

第三只眼

/ CHAPTER
#10

第十案

第三只眼

#01

"文身真是太有用了。"

我是偶然一次在监狱的浴室门口，看到了一张认尸启事之后，萌生的这个念头。

那是一张新贴的启事，上面写着某年某月某日，在某某市某某村的池塘里发现了一具无头男尸。启事还提到，能认出尸体身份或者知道这件事相关线索的犯人请积极举报，提供线索，狱方将予以奖励。旁边还有几张配图，从不同的角度展示着一具无头尸体。那具尸体湿淋淋的，看起来像是刚从池塘里捞出来一样。

我第一次见到这玩意，觉得新鲜，站在边上盯了半天，跟我搭班的老田见多识广，连瞥都懒得瞥一眼，手里盘着俩核桃，带着几个犯人推着饭车，从我身后走了。

"老田。"我连忙叫住他，指了指认尸启事，"监狱里还有这玩意？"

"多的是。犯人往往拉帮结伙，蛇有蛇道鼠有鼠道，公安没有线索的,指不定就藏在监狱里了。就好比这个——"他顿了一下,抓起我手腕,另一只手捂住我的脸,"你就说,你要是哪天死了,头被人剁下来了,谁能光凭这手和脚,还有这肚子和……"

听着他冷笑一声,话题就要往奇怪的方向发展,我连忙止住他。他不以为意,又上下打量了我两眼,继续说道:"……你就说,没了头,谁能认出那尸体就是你?"

我从来没想过这个问题,心里脑补了一下自己变成没有脑袋的一具光溜溜的尸体,忍不住打了个寒战,寻思着还真是这样。没了脸,光凭身体认人,再熟悉的人也不敢百分百打包票,说这就是我。

"所以啊,基层办案难,尤其是那种小县城、村子里的,出现了一具无头尸体,警察压力就大了。他们可是要求命案必破的,连死者是谁都不知道,上哪儿破去?"

"那就靠这些模糊的照片,监狱里有人能认出来?"我不服气。

"不开窍。"老田叹了口气,走过去用手戳了戳那张照片下面,"看到这玩意没有?"

我凑过去仔细一看,才发现关于尸体的描述中还有一段:"死者手腕上文着一只青色蝎子,胸口有'爱'字。"

"靠文身啊。这种无头尸体上有文身的,文身就是最重要的线索,你认不出人,还认不出文身?"

我眨了眨眼:"蝎子……爱……这尸体是'沙瀑我爱罗'(动漫人物)?"

"啥玩意儿?"

"没什么,没什么。"我连忙糊弄过去,"没想到文身还这么有用呢。"

"那倒是,平时看着文身的人跟二混子似的,这时候倒真派上用场了。"老田哼了两声,没再理我,施施然盘着核桃带队走了。

他说的这话，我倒是只同意一半。

监狱里见的犯人多了，还真不是所有有文身的犯人都跟二混子似的，文身也有级别，有的时候光看一个犯人身上的文身，就能大概了解这个犯人在外头的社会地位和素质水平。

犯人的文身里，最次的是文字。手腕上、脚腕上、胸口上、背上，歪歪扭扭的一个青色的"爱""恨"，或者人名，甚或有文歌词的。我就见过一个，胳膊上文着一排"爱上一个不回家的人"，看着就是一个有故事的老大哥。

其次是图案，花鸟鱼虫、图腾纹章，千奇百怪什么都有。这玩意儿很考验文身师的水平，可惜监狱里犯人的文身大多是路边小店水平，文10条蛇，8条文得跟蚯蚓一样，看起来毫无杀气。

文花臂的就厉害了些，大部分都不是一般混混，而是真的黑恶势力分子，也是我们重点打击的对象。当然也有例外，我也见过一个双臂文着大花臂的，满脸横肉，青面獠牙，光看面相感觉起码要判15年以上，结果一问，进来的原因是行贿罪。他本人不抽烟、不喝酒，是某平台的小视频博主，文花臂主要是为了装"黑社会"骗点击量。

比花臂更高级的，据说有人效仿日本黑道，文了一身的猛虎修罗、二爷青龙。我是没见过，只听老民警闲聊的时候提过几嘴。

但是这还不是最厉害的。

最牛的文身，叫作天眼。

因为别的文身，文了也就文了，衣服一遮谁也看不见，不影响你正常生活。可天眼这个玩意儿……一辈子都挂在你脸上，奇丑无比，又土又花，敢文的不是真的勇士，就是脑子不好使。

我手底下就关过这么一个。

168

#02

阿杰，1994年出生，身高1米68，体重110斤，是个街头小混混。

我见到他的时候，他低着头，穿着宽松的蓝白条纹囚服，头皮剃得锃光瓦亮，看上去老实巴交的。可不知道为什么，我脑海中总浮现出他穿着小皮衣、紧身裤，顶着一个锅盖头，穿着豆豆鞋，踩着小电驴，在街边点着烟撸串的样子。

大概就是出于他的气质吧。

他瘦瘦小小，很有些畏畏缩缩的样子，细眯眼，脸上带着一点雀斑，原本是那种放在人堆里谁也认不出的大众脸，可偏偏在他的额头上，文了好大的一只天眼。

那是一只竖着的眼睛，贯穿整个印堂，上到发际线，下到鼻梁根，颜色猩红。本已经够吓人了，偏偏在眼睛周围还勾勒了一大圈青色的火焰升腾，几乎把整个额头都占满了。

不客气地说，就这上半张脸，不用勾脸谱，都能去戏台上唱两句了。

而且不知道为什么，总让我想起小时候看过的《西游记后传》里头的魔罗。

他见我盯着他的天眼看，估计是习惯了，也不吭声，就这么眼皮耷拉着看着地面，半蹲在地上，身子摇摇晃晃，显然还没习惯，蹲得很不舒服。

"怎么会文这玩意儿？"我一边随手翻他的档案，一边问。

"好玩，就随便文的。"

"还洗得掉吗？"

他没吭气，脸上表情木木的，看不出来什么心思。

"说吧，怎么进来的？"

别说，这文身还真的是挺有威慑力的，我训了那么多犯人，他是真

169

的头一个让我没法直视他的脸的。只要盯着他看，眼睛就会不由自主地被他额头上的天眼吸引过去，可盯着那天眼看几秒吧，又觉得恶心。

没办法，我只能喝口茶压压惊，假装低头看档案，尽量避免看着他跟他聊天。

"强奸。"

"判多久？"

"12年半。"

我有些吃惊。一般强奸案本身不会判太重的刑罚，判3到7年的居多，判10年以上的一定是有非常恶劣的犯罪情节。

我仔细一看，档案上写得清清楚楚，不只是强奸，还是轮奸。

算了算他的年纪，刚满21岁，算上看守所里待的时间，恐怕犯案的时候连20岁都不到。再一看档案里他的另外一名同伙，比他还小，1996年出生的，犯案时候刚满18岁，判的刑比他还重，长达14年之久。

我心里暗暗庆幸，还好是已经成年了，不然一旦从轻判决，肯定远远没有现在这么久的刑期了。

"说说吧，怎么回事？"我脸上还是板得死死的。

"我就不该去赴那个约。"

阿杰舔了舔嘴唇，满脸写着懊恼。

#03

事情发生在2014年的夏初。那时阿杰还没从技校毕业，但是他已经不去上课了，每天混迹在街边夜场和网吧。他偶尔干些小偷小摸、抢钱的勾当，被派出所拘留过几次，也都很快被放了出来。

他曾是留守儿童，父亲在城里打工，由母亲抚养长大。初中时，母亲跟人跑了，家里只有一个重病的奶奶照看他。很快他就跟着校外的一些混混学坏了，高中也没读，随随便便上了一个五年制的技校。

那个时候，一款基于附近定位交友的聊天软件横空出世，并很快就流行起来，阿杰跟着的那群混混们都喜欢用这个软件，每天都在网吧里左滑右滑，美其名曰"撩妹"。

阿杰也不例外，他刚刚文了天眼，是那群混混里胆子最大的一个，平日里混迹夜场的时候，也算是出尽了风头。他还把自己的天眼照片挂在了那个软件的照片墙上，得意扬扬地收获着"小红心"和点赞。

但是聊天软件上看着妹子多，实际上很大一部分是机器人和伪装的假号，真正的姑娘反而比较少，很多都还是现实生活中认识的，撩到姑娘的概率并不大。

阿杰玩了一个多月，聊到最后，只有一个还保持着长期联系，加了彼此的微信之后，用阿杰的话来说，就是"跟对象一样处着"。

那个姑娘和阿杰都算是"本地人"，他们同在一个市，但是各自在不同的县城。

姑娘自称是大学生，在外地读书，平时学校查寝查得严，回不来，一直婉拒着阿杰见面的邀请。直到七月暑假，阿杰才第一次约到那位姑娘在市里的商业街见面。

见面后，阿杰有点失望。

姑娘不像照片里那么好看，有点矮，有点胖，指甲油的颜色土土的，身上还有一股劣质香水的味道，而且一开口就跟阿杰要礼物。

两人吃了饭，看了场电影，阿杰给那个姑娘买了件新衣服，到了下午三四点，太阳最毒的时候，阿杰的耐心终于被消耗干净了。

"天气热，我们找个有空调的地方吧。"他说。

姑娘没抬头，一边玩着手机，一边随口说："行啊，你定。"

就这样，两人真的去了一个又凉快又有空调的地方——路边的一家小旅馆。

钟点房是一个小时40块钱，阿杰觉得价格有点高，骂骂咧咧地想要换一家，可看着姑娘已经有些不耐烦的样子，生怕在换一家的路上姑娘找借口离开，那就真是到嘴的鸭子飞走了。他忍痛付了钱，还威胁了老板，说如果房间质量不好，要退钱。

进了房间，姑娘提出天气热，要先洗澡。阿杰躺在床上，又是兴奋，又是忐忑，心想和陌生的姑娘见面后立刻来了旅馆，这能让他在兄弟们面前吹嘘很久。

他从初中开始"混社会"，小时候营养不良，身子又虚又瘦，加上反应不快，脑子不灵活，打群架或者见血这种大活干不了，所以一直没混出个名头来——也就是因为这个，他一咬牙花了上千块钱给自己文了一只天眼在额头上，为的就是"出风头"。

他早就不怎么回家了，除了每隔几个月找父亲和奶奶拿生活费，平时基本不联系。他嫌父亲给的钱少，回去一趟拿的钱几天就花没了，所以平时也跟"兄弟们"一起，赚点不干不净的钱。

对他来说，"道上"就是他的家，"兄弟们"就是他的亲人。

他已经迫不及待地等着事后，学着"大哥们"吹嘘的那样，点上一根烟，在群里发点偷拍的照片，装作若无其事地品评一下这次钓到的女人。

姑娘很快洗完，裹着浴巾出来了，她催阿杰去洗澡，可阿杰已经再也忍不了了，衣服一扒，直接扑了上去。

#04

事后，阿杰被姑娘捏着鼻子用脚踹着，去浴室里冲了个澡。

热水顺着老旧的花洒滚滚而下，阿杰光着脚站在浴室的瓷砖上，所有欲望消退得一干二净，只剩下满心的慰藉和淡淡的疲惫。

他擦了把脸，从墙上的架子上拿起手机，本来想拍一张发到群里，可是越想越觉得自己亏大了。

吃饭、看电影、住酒店，加上买礼物，一天的花销算下来，远超他的预算。可这女人还不配合，刚刚在床上的时候，看他的眼神，嫌弃里夹杂着无聊，甚至做到一半的时候，掏出手机开始玩起来。

阿杰越想越气，觉得不能白白便宜了这个女人。

反正已经到旅馆里了，自己一个人睡也是睡，两个人睡也是睡，不如把兄弟们都喊来，好好收拾收拾这个女人。

他说干就干，趁着姑娘半裸着躺在床上的时候，从浴室门的缝隙里连拍了几张照片，然后发到兄弟群里："某某酒店206房，免费的，我约到的，想来的一起来。"

群里很快就炸开了锅。

阿杰还算有点理智，没发到混混大群里，而只发在了七八个玩得好的兄弟组建的所谓的"亲友群"。

后来他跟我说，不是因为怕出事，而是单纯觉得肥水不流外人田，万一来的人多了，白让外人捡了便宜。

看着群里此消彼长的"牛啊""阿杰玩大发了"之类的赞誉，阿杰冲着热水澡，心里油然而生一种成就感。他仿佛忽然找到了自己混了这么多年"道上"，最珍贵也是最让他向往的东西——义气。

什么叫义气，好东西跟兄弟们一起分享，不藏着不掖着，就叫义气。

但兴奋归兴奋，群里的人七嘴八舌，还是把这事给问清楚了。一知道是网上约的，而且没跟人家谈好允许第二个人来，就都厌了，让阿杰还是先问一下，等姑娘同意了再来。

阿杰对此不屑一顾。

173

"有什么好问的,到底有没有人来?"

还真有胆子大的。

阿杰说,群里比他大的,一个敢来的都没有。最后反而是年纪最小的一个 96 年出生的、绰号叫小 A 的二话不说,骑着车子就过来了。

小 A 到房间门口的时候,阿杰正坐在床上跟姑娘聊天,兴致勃勃地准备再来一次。听到敲门声,姑娘先吓了一跳,让阿杰去问是谁。阿杰走到门口,直接开了门,跟小 A 打了声招呼,就指着床上的姑娘跟小 A 说:"你先还是我先?"

小 A 咧着嘴笑:"你还能再来一次?"

"去你的,老子能再来十次。"阿杰嘴上这么说着,但心里犹豫了一下,还是以义气为先,"你先吧,我再去冲个澡。"

姑娘这时候才反应过来,尖叫一声,一巴掌先扇在小 A 脸上,然后一边抓着衣服准备起床,一边指着门让小 A 滚。

小 A 被这巴掌给激怒了,反手一拳,把那姑娘打到了床上。

#05

阿杰跟小 A 是在姑娘的哭骂声里,勾肩搭背、说说笑笑地离开的。

阿杰说,小 A 睡完之后,那女的就开始撒泼,张口跟他们要钱,一开价就是 5000 块。

小 A 坐在床头抽烟,咧着嘴笑。阿杰也笑嘻嘻地说:"老子是嫖你了?凭什么给你钱?"

那姑娘像疯了一样地用枕头和被子砸他们俩,他们俩依旧嘻嘻哈哈,不当回事,还录像拍照,准备发到群里吹嘘。

"8000 块,不然我报警。"姑娘最后抱着被子坐在床上,恶狠狠地瞪着他们。

"给你屁吃。"阿杰哈哈大笑。

小A也哈哈大笑。

两个人就这么一边笑着,一边摔着门出去吃晚饭了。

他们前脚出门,姑娘后脚就打了报警电话。

#06

不出三个小时,警察就从网吧里把正在打游戏的阿杰和小A给铐走了。

小旅馆里没有登记来客的身份证,但是阿杰的生理特征实在太明显,一说"那个额头上文了只特大号天眼的混混",连警察都对这位几次三番被拘留的老熟客印象深刻。警察甚至连监控都没调,做完报案者的笔录之后,调出身份证一查,就发现他在哪家网吧待着了。

阿杰说,其实那女的根本不是什么大学生,也干净不到哪儿去,就是靠身体蹭吃蹭喝,骗礼物要钱的,派出所也有那女人的案底。

起初,地方警察想让他们私下调解。

结果阿杰不依不饶:"有什么好调解的?"

"怎么讲话的?"

警察可不会给他好脸色,指着鼻子训斥了两句,阿杰就蔫了。但是阿杰对于那姑娘开口就要8000块的要求嗤之以鼻。

"我一分钱都不会给,你告我啊,我有聊天记录作证,你情我愿的事情,我凭什么给你钱?"

那姑娘也是狠角色,听了这话当场翻了脸,不同意和解,要求以轮奸罪起诉,告阿杰和小A两个人。

由于那姑娘报警及时,警方采集到了足够的证据,而且姑娘脸上有伤,聊天记录里不仅没找到她认识小A的证据,反而发现了阿杰在群里喊人去酒店的纪录。

说证据确凿都不足以形容这个案件，说是铁证如山都不为过。

案件起诉的流程进行得非常顺利，最后法庭开始审理这一案件。

就像我之前说的那样，额头上敢文天眼的，不是狠人，就是脑子不好使的。

这个阿杰兼而有之，不仅狠，而且傻。

一直到了法庭上，他都没有任何畏惧之心，扯着嗓子用家乡的土话咒骂那姑娘，顺便连带着警察和法官一起骂，骂得唾沫横飞。

法官问他："你是否认罪？"

阿杰不答反而问道："这女人给你们塞了多少钱，我犯什么罪了？你凭什么判我罪？我要告你们！"

后来，阿杰给我回忆这一幕的时候，语气轻松，说得轻描淡写。但是案宗上的记载可不是这么一回事，不仅连用了"辱骂法官，藐视法庭，拒不认罪，态度恶劣"十六个字，并称阿杰"威胁执法人员人身安全，当庭诽谤执法人员名誉"。

最后法官判处阿杰有期徒刑12年半，小A有期徒刑14年。

案宗上没有写为什么小A的刑期更长，但我推测，大概多出来的这一年半，就是那一拳的功劳吧。

176

第十一案

古惑仔的"义气"

/ CHAPTER
11

第十一案

古惑仔的"义气"

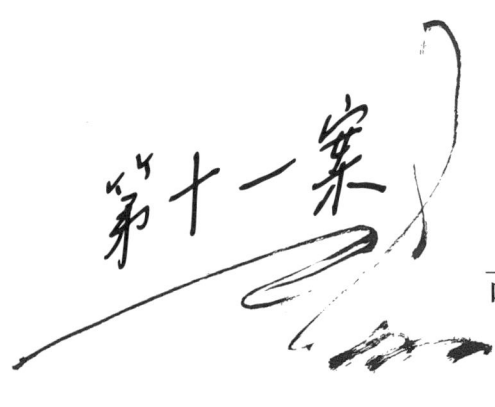

#01

八指儿经常在监房里吹牛，说等他出去的时候，监狱门口的豪车要排成两列，还要放满五千响的炮仗，来给他接风去晦气。

八指儿还说，等他这一出去，以后身份就不一样了，就是道上的大哥了。

他说这话也没啥别的意思，往往是烟瘾犯了，账上又没钱，一边吹牛解馋，一边想找个由头跟同监的犯人蹭两根烟屁股过过瘾。

408监房的犯人都知道他什么德行，从来没人理他，可他也不太在乎的样子。

没有烟抽也没关系，他蹲在门口，就这么伸出右手，吹他当年是怎么空手接刀，断了两根手指，吓退了对面十几个有头有脸的混混的"英雄往事"，一吹就能吹一个下午。

八指儿之所以叫作八指儿，就是因为他的右手只有三根手指。断的那两根据说是被开山刀一刀斩断的，至于是不是像他说的那样，他勇猛到直接用手去给老大挡刀,断了手指还反砍了对面三个人,那就只有天知道了。

八指儿年纪不大,二十来岁,矮瘦且黑,龇着一口大黄牙,一口地道的北方土话,吹起牛来摇头晃脑,抖着腿,十足一个街边小混混的模样。

有的时候无聊,也会有犯人拿他寻开心。

"八指儿,你这手指真是挡刀时给砍断的?"

八指儿就脸色一沉,猛地站起来,急得唾沫横飞:"这还有假?当时就一把这么长,嗯,还长一点,这么大一把刀,冲我们大哥脑袋上砍过来,我一把给他……"

他讲得绘声绘色的,声情并茂,没事干的时候我都乐意嗑着瓜子去听他吹两句。

可犯人们里是真有狠角色的,好比403监房的谢子,以前是放高利贷的团伙头目,因为涉黑涉枪,非法关押借贷人的时候上了私刑,一不留神把人给弄死了,所以进了监狱。他就有一次听得烦了,隔着老远看了八指儿一眼,说:"老子砍过的人,没有十七八个也有十三四个,剁了两根手指,能给你疼得连刀把都握不住,你还能跟猴儿似的,反杀三个?"

周围的人都哈哈大笑起来,八指儿的脸色从青到白变了又变,可最后还是不敢招惹谢子,嘟囔了几句爱信不信之类的话,就转身进监房里不肯出来了。

他挡没挡过刀,没人知道,可大家都知道,他是给人挡罪进来的。

罪还不轻,寻衅滋事、聚众斗殴,再加一个故意伤害,加在一起判了12年。

八指儿看着年纪不大,实则已经坐满了8年半,算是监区"元老"级别的老犯人了。

#02

没进监狱之前,八指儿是个县城里无业的小混混。

大概 2005 年或 2006 年,他十八九岁,正是最躁动不安的年纪,学着电视里的古惑仔,跟同样在街头混着的五六个小兄弟,组了一个帮派,据说还烧了黄纸拜了把子,弄得有模有样的。

那时候地方上乱,这种游手好闲的混混一抓一大把,都没有什么正经的营生,靠着收保护费和抢劫学生过日子。还学古惑仔电影里划分地盘,诸如"文学路到中山南路归我,这里头的一个初中和两所小学,都是我们罩着的,你们不准来抢;中山南路过去到红叶路给你,我们也不去步行街搞事……"

话说得一套一套的,就是兜里穷得叮当响。

没本事把蛋糕做大,只能抢着分最大的那块了。混混们很快就陷入了三天两头的内卷里。

上班族内卷拼的是 996 和 007,可这些混混们的内卷,拼的是真刀真枪,要断胳膊流血的。

三五天约个小架,十天半个月来个大的,既是为了钱,也是找事情干,满足一下这些焦虑又躁动的年轻的心和空空如也的大脑。

八指儿就过着这样的日子,他那时候还有十根手指。

混了大半年,终于出了事。

有天晚上,八指儿跟着的那个大哥被人一个电话喊去帮忙,替人"撑场子"。撑场子是当时混混们最喜欢干的活计,所谓的"我一个电话能喊来八十个兄弟",指的就是这个。不用真动手,就站在后头,拿着啤酒瓶、铁棍之类的,骂骂咧咧地吆喝就行,又威风又安全,能打发时间,还能赚一笔外快。

县城里就那么大,有时候两边找来撑场子的混混是相熟的,平时天天凑在一起打台球、打麻将，收了钱算"上班"，指着鼻子互相骂起来的时候一个比一个凶，结束了就勾肩搭背去大排档里吃炸串了。

可是更多的时候，谈判的双方真的闹崩了，两边真打起来的，也比比皆是。

那天晚上就是这样，原本说就是来谈个事儿，结果稀里糊涂也不知道怎么回事，就掀了桌子互相指着鼻子骂起娘来。

两边各都请了十几个混混撑场面，大概凌晨一两点左右，不少人都喝了点酒，正是血气方刚的时候，起初还是推搡，很快就打成了一片。

一阵乱战之中，八指儿的大哥被人打伤挂了彩。他本来正在卡拉OK厅里搂着小妹唱歌，喝得昏天黑地的，临时被人找来撑场子，酒还没醒透呢，被当头敲了一棍子之下，恼羞成怒，趁着对方背过身去，抄起地上的酒瓶子就朝他后脑上狠狠一砸，砸完还不解气，把碎了一半、锋利得跟刀子似的玻璃瓶，一把扎进了人的腰眼里。

那人连哼都没哼一声，当场就倒了下去。

天色太黑，一开始还没人注意有人倒了，直到血从那人身子下流了出来，黏稠稠的，流得满地都是，才有人尖叫着喊："别打了，出人命了！"

说白了，混混们也就是群混不吝的社会青年，打打架吹吹牛还行，哪儿真敢杀人。眼看出了事，什么架都顾不上了，各自扔下手里的武器，二话不说掉头就跑，只有伤者的几个朋友吓傻了，连忙打了急救电话叫救护车。

所幸的是送去医院及时，命给救了过来，但是落下了一个重度伤残。

事儿闹大了，警察连夜开始抓人，这些混混们嘴上一个个说着江湖义气，进了局子里招得比倒豆子还快，事情很快就被查得一清二楚。

为首的、组织的、参与打架的都好找，顺藤摸瓜一个混混都跑不掉。

181

唯独麻烦的是，当时天太黑，谁动手用酒瓶捅的人，没人看清楚。

得有一个人出来，把这个罪给顶上，才好结案。

#03

八指儿知道这事儿是自己大哥干的，已经是第二天下午了，当时大哥脸色铁青地把几个拜把子兄弟喊到家里，说了这事儿。

八指儿自称，就是那一场架，他被人砍断了两根手指，第二天是忍着疼包扎好硬从医院床上爬起来，去大哥家开会的——他努力地想要表现出自己铁血硬汉的人设，不过看他的神色，我总觉得吹牛的成分更多点。

说完了事儿，大哥往椅子上一坐，说："要不兄弟们抓个阄吧，谁把这事给顶了？"

这是他们从电影里学来的，据说那儿的帮派都是这样，大哥犯事儿了，都是手底下兄弟去顶罪。这叫"镀金"，代表对老大忠心耿耿，完了出来之后，顶罪的那人在帮派里就能飞黄腾达。

结义的兄弟几个齐齐沉默了。

大哥看没人说话，脸色越来越难看，猛地一拍桌子，从身后拿出一个早就准备好的竹筒来。

"抓阄吧。"

其他人不动，只有八指儿莽撞，觉得理所应当，头一个伸手进去，摸了根签子出来。他这么做了表率，其他人也不好退缩，只能一个个挨着把签子抽了。

说来也巧，八指儿第一个抽出来的，就是那根顶罪签。

他人先傻了。

八指儿的这个大哥，是当地的一个纨绔富二代，家里做建材生意，在当时就是出了名的地方一霸，不缺钱。这个富二代混帮派是因为不想读书了，出来图个新鲜好玩。

看到是八指儿这个愣头青抽中了签，大哥长出一口气，拍着八指儿的肩膀，一边把他搂过来，一边用从未有过的和善语气说："不让兄弟白进去，我给这个数，进去之后，家里老少都有我照顾着，逢年过节，不让你操半点心。"

他比了比手势，一开价就是十万，想来是早就知会过家里人这件事了。

八指儿有些心动。他家里穷，十万块对他来说是一笔天文巨款了。

可终归是犯罪坐牢，他心里害怕，就低着头，也不开腔。

大哥继续"循循善诱"："我跟人打听过了，那人没死，这事儿说破天，也就是坐几年牢。到时候出来，我把咱们帮会做大了，你就是接班人，我把老大的位置传给你。"

"真的？"八指儿问。

"我在这儿当众发誓。"大哥拍着胸脯，说得信誓旦旦。

"可我去顶罪了，有指纹怎么办？"八指儿看过电影，知道现在警察不好糊弄。

"屁的指纹，就一玻璃酒瓶子，给我摔得稀碎，踢下水沟里去了，更何况打了那么半天，满地都是碎玻璃碴子，能查出来个啥。"

八指儿一颗心终究是悬着，可一来抽中了签，在这么多弟兄面前不好意思反悔；二来贪图那十万块钱；三来想着以后坐几年牢出来，自己也就是大哥。若没有这次机会，就这么混下去，恐怕过了十年二十年都没有半点出头的机会。

思来想去，只觉得塞翁失马焉知非福，说不定这正是自己飞黄腾达的运道，他一咬牙，给应了下来。

#04

八指儿其实不是没有后悔过。

刚进看守所的时候,他就已经后悔了。

说破天,他就是一个没后台、没钱、没地位的小混子,在街头耍横吓唬人,可进了看守所里,他这点儿能耐不值一提。吃了些苦头之后,他想回头,却已经晚了。

自首之后的流程都非常顺利,判决书早已经下来——据说大哥家里人在里面出了不少力,家属的赔偿也落实得很好,想来也是生怕八指儿反悔,急着结案。

这时候如果他改口,不仅十万块没了,道上的"前途"没了,更可能面临着翻供不成反而惹祸上身的麻烦。所以他没有别的选择。

别的犯人欺负他,笑他又瘦又小,跟个煤球似的。他急了眼,伸出右手,说你知道老子是怎么进来的吗?是杀人未遂,看到我这两根手指没有,就是当时打架打的。人家剁了我两根指头,我眼睛眨都没眨一下,反手就用啤酒瓶子捅了过去。

一开始,还真有犯人被他唬住了。监狱里头,三教九流什么犯人都有,大鱼吃小鱼,小鱼吃虾米。八指儿初来乍到,没人知道他的底细,一这么狂起来,之前欺负他的那些个犯人,还真就摸不准他的路数,让了他三分。

吃到了甜头之后,八指儿有些得意了。他开始反复地提及自己的那段故事,一点点加工,一遍遍挂在嘴边,到了最后,就成了他忠肝义胆,替大哥挡刀,反手还一下子捅了三个在打群架时偷袭他的痞子,才进了监狱。

可他故事编得越来越圆,其他犯人却跟他越来越熟,其中许多都是社会上经过摸爬滚打成了精的老油条,八指儿这种愣头青,相处个三天五天，随便套套话，实情就给摸了个底朝天。于是很快，犯人们都知道这就是个嘴上没把门的"小残废"，别说捅人了，怕是连杀鸡的胆子都没有，于是开始嘲笑起他来。

捅人的故事吓唬不了人，忠肝义胆替大哥挡刀也换不来这些犯人的尊重，八指儿急了，搬出了他最后的底牌。

"等老子出去了，老子就是当大哥的人了！"迎来的自然是一阵哄笑。

可八指儿越说越红了眼，听着他们的哄笑，却不敢反驳，只能在心里恶狠狠地一遍又一遍默默念着，说给他们，更是说给自己听。

"老子一定要风风光光地出去。要豪车来接，两边放鞭炮，来迎我回去当大哥！一群瞎了眼的东西……到时候，有你们好看的！"

#05

2016年夏天，八指儿终于申报减余刑成功，迎来了他出狱的日子。

他挂在嘴边的也从怎么用手挡刀和反杀三个人，变成了等到他出狱当天，迎接他的架势得有多威风。

他说他早就写信回去了，到时候让帮派的弟兄们都来接他，好好热闹热闹。

只有我知道，这几年下来，他确实写了不少信回去，可都是家书，只有歪歪扭扭的几行字，或是跟家里人要钱，或者抱怨监狱里的情况，很少提到什么帮派的事情。最近倒是说了几句，让他母亲联系以前那个大哥，让他们派车来接他出去。

然而，没有任何回信。

监狱里的犯人虽然知道他的脾性，听他吹了这么多年的牛，但是见他每次都说得这么信誓旦旦，也犯了嘀咕，眼看他出去在即，兴许说的是真的呢？于是也就对他多了三分客气。

到了走的那天，我特地把八指儿带到了监狱门口。

早上九点半，手续办完，我引着他出了大门。门前的空地空荡荡的，只有零星的几辆车停在那儿，大概都是来接在这一天刑满出狱的犯人。

八指儿的脸上显然有点挂不住了，他早就脱下了囚服，如今穿着一身进来时穿的T恤和牛仔裤，头发也早就留成了板寸的长度，没有了在里头的虚张声势，取而代之的是浓浓的焦躁和不安。

"蛋儿！蛋儿！"

不远处一辆面包车的车门忽然开了，里头跑下来一个五十来岁的中年妇女，用白毛巾裹着头，手里还拎着一个塑料袋，一路小跑冲着八指儿奔了过来。

"俺妈，你来干吗呢？"八指儿脸皮颤了颤，声音也有点不自然起来。

我知道，那大概是他妈。这么多年下来，八指儿从来没有家属来探监。我们私下里说，估计是他那个大哥不让，生怕家属来探监的时候口不择言，说了什么不该说的话，被录下来留作证据。

八指儿其实从来都没正式说过自己是顶罪进来的，只是故事编多了，总有纰漏，渐渐就成了一个人尽皆知的秘密。他约莫也知道了我们都知道，甚至有可能是他故意漏的口风，然而明面上，我们无论怎么问，他都一口咬死了，那个重伤的人就是被他捅的。

他说完了那句话，也没迎上去，就站在原地，显得有些手足无措的样子。

他母亲跑过来，一把把他抱住，一边哭号着拍打他，一边用我听不懂的方言说着什么，浑浊的泪水从那张布满皱纹的黄黑色的苍老面孔上流下来。八指儿就那么站在那儿,也不伸手抱住她,眼睛直勾勾地盯着地面,过了一阵子,才点点头,轻声"嗯"了两声,流露出一点从未见过的温顺的样子。

哭了一阵,他妈又拿起他那断了两根指头的右手,说了两句又开始哭。八指儿终于有些不耐烦了,偷偷瞥了我两眼,然后带着点呵斥的意思:"回家讲就是了,别搁这儿哭了。"

他妈这才收住眼泪,转头看看我,连连伸手作揖。

我自知再站在这儿有点多余,冲他们叮嘱了两句,转身又走进了大门。

临进去之前,我回头看了一眼,八指儿还站在那儿一声不吭,他妈拉着他,絮絮叨叨地一直在继续说着。他有点驼背,两只手放在肚子前面,八根手指无意识地绞在一起,紧紧捏着,像是在思考着什么重要的事情。

#06

可我没想到的是,过了一年多,忽然有一天,我又见到了八指儿。

他的长相没有什么变化,可整个人的气质像是完全颓丧了下去,不再跟以前一样,一张嘴就是叽里呱啦说个不停,而是靠在新入监房的墙壁上低着头,不知道在发什么呆。

我走到他面前,咳了一声。

他抬眼看了我一眼,点了点头,小声地打了个招呼。

"怎么回事?"我问。

以前监狱里不是没有过几进宫的犯人,可是那些大多是盗窃罪,一来判刑轻,坐个一年两年就出去了;二来犯人本人也没什么吃饭的手艺,出去之后只能重操旧业,再犯个小偷小摸的,进来也不奇怪。我见过最

187

多的一个，四十岁不到，入狱九次。据他自己说，出去之后其实是故意犯个罪再进来的，他早就习惯了监狱生活，反而是到了社会上，根本适应不了。

八指儿却不是这种情况。

他当年的犯罪，本来就是替人顶锅，更何况这次出去之后，按照他的说法，该是成大哥，混社会，吃香喝辣去了，怎么会沦落到再次进来的地步？

随手翻开他的档案一看，还是故意伤害罪，不过这次判得轻，只有两年半。

他不答话，就低着头，跟雕塑一样。

"你不是出去当大哥了吗？你的帮派呢？兄弟呢？"我让他跟着我进了办公室，给他丢了个小板凳，示意他坐下，"又是去打群架了？"

他坐下来，沉默了半天，憋出一句话来：

"都是骗子。"

#07

后来，我才知道，八指儿出去之后，起初是真的风光了几天。

他上门找到了当年的那个大哥，大哥显出很惊喜的样子，让他先回去，说晚上在镇上最好的酒店订了一桌宴席，给他接风。

到了吃饭的时候，以前的那六七个兄弟基本到齐了。一转眼小十年没见，八指儿格外唏嘘，没喝两杯，就已经醉得上头了，抱着大哥开始哭，哭得撕心裂肺，惨绝人寰。

大哥也不说话，就是劝酒。

第一顿酒喝完，八指儿都不记得自己是怎么回去的。

没过两天，他在家里蹲着觉得不对劲了，又联系了大哥，说谈谈以

188

后的事情。

大哥也很爽快，说晚上找地方撮一顿，再好好喝一顿。

到了晚上，八指儿又去了老地方，弟兄们几个还在，酒菜很快上齐了，大家一边喝着一边聊着这些年的事情。说着说着，八指儿想起受的委屈，又忍不住抹了眼泪。

就这么喝一阵哭一阵，眼看着没人搭腔，八指儿终于忍不住了，问大哥："当年说好了等我出来，让我接掌帮派的，现在咱们混得怎么样了？"

几个兄弟都很热情，一听这话齐齐端杯："来来来，喝酒喝酒，八指儿终于出来了，这几年太不容易了，干一杯，都满上，干！"

八指儿一听这话，又激动了，咕噜噜一口把杯子里的酒闷下去，开始说在监狱里的见闻。

一边说，一边喝，八指儿很快就又倒在了酒桌上，被人抬了回去。

就这样，短短半个月时间，八指儿和以前的弟兄们喝了三五次大酒，可就连一次正题的边儿都没聊到过。终于，到了最后一次，八指儿借着酒劲儿，硬扯着大哥，把问题给问了出来。

"大哥，我现在出来了，到底怎么个说法？"

大哥没说话。

其他的兄弟们也都沉默了。

可八指儿这次不喝酒了，他就坐在那儿直勾勾地看着大哥。

其实他心里已经早有数了。

几顿酒喝下来，他发现外头的世界早就变了。

几个弟兄有的进了城里，去工地里当了农民工；有的在镇里开个小理发店，早早地结婚生子，孩子都快上小学了；还有的到处打零工，跟人做生意，赚点小钱度日。

大哥混得最好，家里有关系，把他安排进了乡镇企业，已经算是个小领导了。

以前的啤酒瓶子、铁棍，早就换成了西装、皮鞋、公文包，只有他一个人还活在帮派和兄弟的梦里。

大哥说："这样吧，我出点钱，给你弄个门面，做点小生意，以后大家常来常往，还是兄弟。"

八指儿不说话，就是眼睛渐渐地红了。

其他兄弟也跟着帮腔，说就这样吧，以后八指儿生意做起来，大家都帮衬着点，多少年老兄弟了，不能让八指儿吃亏。

没等他们说完，八指儿一脚把桌子踢翻了。

他说，他那时候其实什么都听不进去了，满脑子都是自己在监狱里的这小十年。他一遍又一遍告诉自己，出来之后要当大哥，要飞黄腾达，要享受人生，要把吃过的亏都给报复回来。

所以他们说得越多，八指儿的一颗心也就越凉，他像掉进了冰窟窿里。

八指儿说，他不管，如果今天不给他一个说法，他就去翻案，说当年其实是大哥捅的人，是他替人顶的罪。

大哥摇了摇头，就问了他四个字："有证据吗？"

物证，当年就没有。

人证，八指儿转过头看着周围的兄弟们。他们一个个眼神躲闪，都看着手里的酒杯，没有一个人开腔。

八指儿终于懂了。

他没再说话，而是反手抽起了一个酒瓶子，一步步走到了大哥面前，然后当头，一瓶子砸了下去。

大哥当时头就破了，血汩汩地顺着脸往下流。

190

大哥看着八指儿，说："该给你的钱，没少给过，当初骗你的，你这一瓶子也还回来了。以后咱们就当不认识了，两清。"

说完，他拿了几张餐巾纸，擦了擦头上的血，转身就要走。

八指儿说："清个屁，老子毁了，以后也不让你安心，老子天天过来缠着你，早晚把你给弄死。"

大哥的脚步停了下来。

八指儿有些得意了，他以为自己还活在那个街边斗殴打群架、放狠话的年代里。

大哥回过头看了他半天，忽然像是下定了什么决心似的，叹了口气，掏出手机。

八指儿以为他要叫人，他当时都决定了，如果大哥叫人，他就拼了命，一个换一个，也要弄死这个龟孙。

他手里都把玻璃酒瓶握紧了。

可他没想到的是，大哥报了警。

故意伤害他人，证据确凿，这一次，作为凶器的玻璃酒瓶没来得及弄碎，包间里的摄像头也将一切录得清清楚楚。

八指儿说，那一刻，他才终于知道，只有他一个人一直活在那个古惑仔的梦里。

他在监狱里的这些年，兄弟们早就抛下他，各自成为这个现实世界里的大人了。

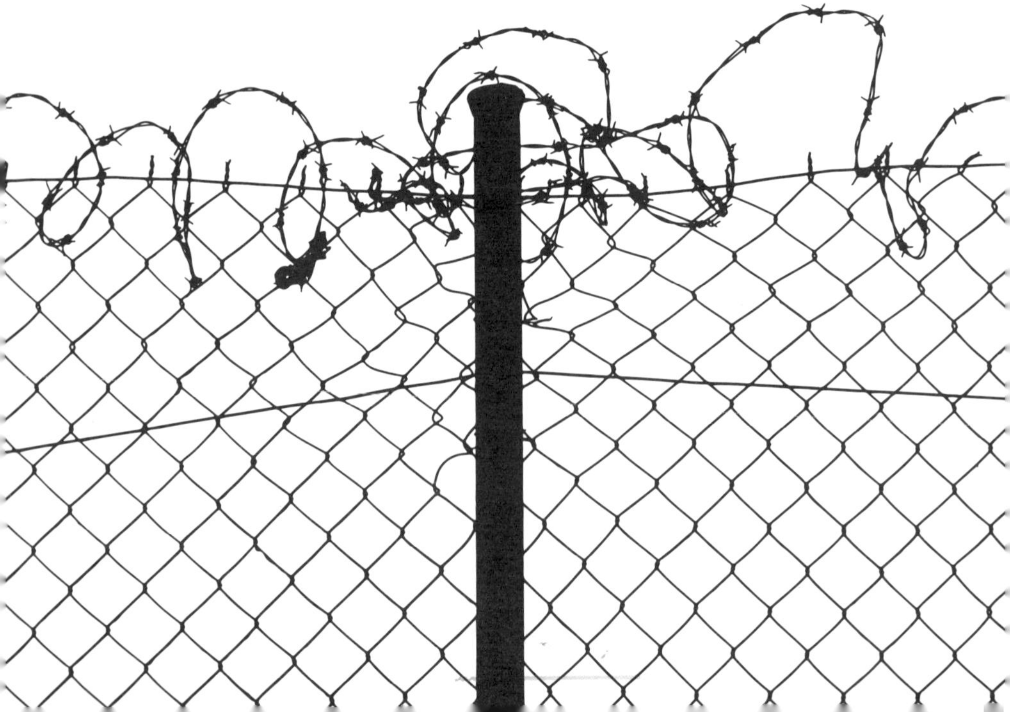

第十二案

少林绝学

/ CHAPTER
12

第十二案

少林绝学

#01

马憨子刑满释放的时候，文教拉着我们几个年轻民警开了一个小会。

会议主题很简单：谁负责明天跟他一起把马憨子送回河南老家去。

犯人刑满有个流程，叫作"必接必送"，我们那时候有"三必接""五必送"的说法，也就是有三种类型的犯人，当地政府有关部门必须派人来监狱把人给接回去；有五种犯人，狱方必须把人送到当地社区矫正部门。

这八种犯人，都有一定的现实危险性，或者社会不安定性，不能直接往监狱大门口一扔了事，不能让他们自己坐车回去，更不允许家属私自来接。

马憨子就属于"必送"犯人的一种。

送人是个好差事，算加班，有补助，而且清闲自在，坐在车上还能聊聊天、玩玩手机，除非是送到新疆、西藏那些偏远的地方，我们平时都争着抢着要去干这活。

但这次，我们所有人都蔫了。

文教坐在桌子那头抽着烟，一声不吭地看着我们。

我低着头假装在本子上写写画画，计算犯人这个月的大账；小杨玩着手指甲；小宋斜着眼看窗外，好像没听到一样。

我们三个算是年轻民警，不吱声也就算了，小陈当时刚满30岁，算是我们的半个师父，勉强沾着"年轻"的边儿，看到文教看着他，不能跟我们一样装聋作哑，憋了半天，愁眉苦脸地说："文教，我'名声'不好，他们不乐意让我送。"

这话是真的。小陈在我们监区有个绰号，叫作"死神小陈"。他刚参加工作的第一年，前后送了三个犯人去医院急诊，结果三个犯人全都死在了路上，没能撑到医院门口。

别的民警送十次犯人，能救活九次半，剩下半个大部分还是死在医院手术室里的。小陈倒好，送的犯人都是死在跟他一起的车上的，死亡率高达100%。

小陈自己都有了心理阴影——送犯人的全程都有监控录像，不能你说死了就死了，哪怕是一具尸体到了医院里，也得完成一个确诊流程，由医生正式宣布死亡。

小陈工作第一年，不仅陆续和尸体在车后厢里待了三次，还得眼睁睁看着医生给尸体做抢救——他躲不开，监控镜头必须拍着他才行。他跟我说，那整整一年他都不敢一个人待在宿舍里，仿佛老能听见那些死了的犯人的咳嗽声。

其他的犯人也有了心理阴影，"死神小陈"这个名号很快传出来了。据说后来有一年，有个需要急诊的犯人本来在床上已经不行了，一看到是小陈送他去医院，"扑通"一下从床上滚下来，跪在地上，求我们换一个民警送。

文教听了这话，起来就是一脚踹过去："你能把马憨子'克死'，他的后事钱我出，一分不要你掏。"

"克不死，克不死，但是他能不能把我弄死，我就不知道了。"小陈嬉皮笑脸，躲到了后面去，算是逃过一劫。

文教转过头，看到我们个个都垂头丧气，灰头土脸，跟饿了三天没吃饭一样，气就不打一处来，说："就送一个犯人，我都快50岁的人了，我都不怕，你们几个小伙子，怕什么？"

聪子资历最浅，老实、耿直，我们没人敢搭腔，就他敢说："文教，到时候你是坐在副驾驶位，后头有铁栏杆，你是没事。我们要跟马憨子一起坐在后车厢里，我反正是不敢。"

文教被他气得脸发白，可也一个字都说不出来。

其实我们都知道，别说我们犯愁，文教比我们谁都更愁。

马憨子是我们监区里对付那些死皮赖脸的老年犯的"头号杀器"，也是整个监区里，战斗力排名第一的男人。

那年他26岁，身高1米88，体重大概260斤。

他属于先天性发育迟滞，俗称"脑袋一根筋"，心智大概只达到十一二岁小孩的水平。

他是河南人，小时候家里穷，在少林寺里练过三年武，档案里特地备注了"武僧"这两个字。我们不太清楚少林寺里到底是怎么分工的，但是每次看到他的时候，脑海中总能浮现起他大吼一声，像鲁智深一样倒拔垂杨柳的画面。

进来的原因也很简单，他本来在外地打工，估计是别人看他憨，经常骗他工钱，他也不知道，就成天乐呵呵的。结果有几个混混瞎了眼，不知道怎么想的，不去骗，改硬抢了，大晚上把他堵在巷子口里，跟他要钱。三个混混围堵他，被马憨子当场重伤两个，然后不依不饶地追了两条巷子，硬是把剩下的那人的脑袋开了瓢。

他对自己的行为也供认不讳，估计也不太理解"犯法"是个什么概念。

判决结果是防卫过当，犯了故意伤害罪，考虑到具体案件的种种因素，最后判刑三年半，就把他送到了我们这儿来。

#02

马憨子刚来的时候，其实不在我们监区。

他个子高大，脑袋不灵光，又有一把子力气，好几个劳务监区争着抢着要他。

马憨子干活勤快，一个能顶三五个犯人，尤其是推饭车、倒垃圾、去仓库拉货这种又脏又累的体力活，平时都是一组犯人轮着去，去之前还要你推我推的，到了马憨子这儿，二话不说，一个人就能给全干了。

结果不到半年时间，他在三个劳务监区里滴溜溜地转了一圈，再也没有别的监区敢要了，最后没办法才送来了我们这儿。

原因很简单，马憨子虽然能干活，不惹事，但是其他监区养不动他。

马憨子有三个特点。

一是能吃，不是一般能吃，而是真的"饭桶"级别。监狱里犯人吃饭，都是以监房为单位，一个监房里八到十二个犯人，打一桶饭、一桶菜，菜一般是连汤带水的，能泡饭吃，也能干喝。

装饭和菜的桶，就是我们外头常见的那种铁皮桶，也有监区用塑料桶的，估计是狱方统一采购进来，专门盛饭用的。

别的监房是一房间的人吃一桶饭，马憨子厉害，一个人就吃一桶。

有的时候这一桶饭没打满，只打了大半桶，他还不够吃，紧追着民警要馒头。监狱里没有浪费粮食的习惯，每天早饭供应的馒头和饼，吃不完的都会留下来，犯人们就着卤蛋或者下饭菜喝瓶冰红茶，就算是监狱里特有的"下午茶"了。

自从有了马憨子之后，整个监区只有他一个人拥有这个"下午茶"

的待遇，别人想都别想。

二是打呼噜。就像刚刚说的，一个房间里八到十二个犯人，其他所有人的呼噜声加在一起都没有马憨子一个人的呼噜声响。不仅打呼噜，他还有放屁和脚臭的毛病。他入住不到三天，整个监房的犯人集体跟民警提意见，说实在住不下去了。监狱里什么困难都能咬咬牙克服，只有马憨子，实在是克服不了，太难熬了。

更离谱的是，监狱里的隔音效果不好，有的时候甚至不是本监房的犯人投诉，隔壁监房的犯人都能被他吵到睡不着觉。

所以如果单单是上面这两个缘故的话，还有监区愿意特殊情况特殊对待，留下他干活。可第三个缘故，才是真的要了命了。

——马憨子不能受委屈。

他脾气其实不坏，还有点傻乐的感觉，平时都是嬉皮笑脸的。他也知道自己吃饭多、呼噜响，你要是因为这个当面骂他两句，他别说动手了，连嘴都不带还的，就冲着你笑。你要是骂得狠了，他不太高兴，顶多就是搬着小板凳，去别的地方坐下来嚼馒头吃了，一边吃还一边嘟囔，跟受了委屈的小学生一样。

可如果让他发现，或者只是单纯地让他觉得，你在欺负他，那就要出事了。

在马憨子身上，充分验证了一句话，叫作"一力降十会"。

据说全监狱第一个跟他起冲突的，是十一监区的内务组组长。这个内务组组长在外头好像是某个地级市大帮派老大的干弟弟，剃着个锃光瓦亮的光头，文身从胸口、脖子一直蔓延到右半张脸上，平时就是个强硬的性子，有时候连狱警的面子都不给，算是监区里的一霸。有的时候路上见到了，还有别的监区犯人给他拱手行礼。

他被马憨子的呼噜声吵了两个晚上，心里憋足了气。到了第三天，他终于忍不了了，趁着吃饭的时候，一脚踢翻了马憨子的饭碗，指着鼻

198

子骂他,说今晚要是再听见马憨子打呼噜,就会割了马憨子的舌头。

民警在边上看到,立刻过来制止。

可惜那个时候民警还没有经验,制止错了人。

就在民警准备训斥那个组长,不准他仗势欺人的时候,马憨子站了起来,劈头盖脸就是一个巴掌呼了过去。

对,是巴掌,还不是拳头。

以至于这么多年,我一直很好奇,马憨子在少林寺里学的到底是什么功夫。

总不能真有什么少林秘传的大力金刚掌吧?

后来我听他们监区的民警说,就那一巴掌,让平时也算是个彪形大汉的组长倒退了两步,踉跄了一下,然后"扑通"坐倒在了地上,眼神已经直了。

民警吓了一大跳,一边安排周围的六七个犯人手忙脚乱地拉住还准备上来踩一脚的马憨子,一边赶紧送那个组长去狱内医院急救。

还好送到医院一检查,那组长没什么大事,就是皮外伤,顶多是大脑瞬间受到的冲击太大,失了神,休息一下就好,留不下什么后遗症。

可是之后的大半个月,那个组长的右脸都是高高地隆起,红肿着一大片,被人背后指指点点笑了好几年。

当时马憨子就被送到一监区去严管了,蹲了一个礼拜小黑屋,回去之后也没被安排到原监区去——那个组长本身也不是什么省油的灯,肯定恨透了马憨子,可能会蓄意报复。狱方为了安全着想,防患于未然,特地把他调了一个监区。

可是去了没多久,马憨子又把那个监区里的一霸给呼倒在地上了。

说来可笑,理由几乎一模一样,都是对方耍威风拿他开刀,把他的饭碗给砸到了地上。

要我说也是"没文化真可怕",这些混混连立威的方式都不带重样的,非得跟马憨子的饭碗过不去，难道他们不知道，对马憨子来说，吃饭第一大吗？

就这样，马憨子兜兜转转换了三个监区，去一监区蹲了三次小黑屋，实在没办法了，最后终于被送到了我们这儿来。

#03

没想到的是，来到我们这儿之后，歪打正着，马憨子有了大用处。

之前就说过，我们监区里什么都缺，就是不缺那些混了一辈子的老油条犯人，能打能闹能碰瓷，就地一滚就哀号，你拿他们什么办法都没有。

可是马憨子来了之后，文教灵机一动，充分给我们展示了他作为一名老管教的经验和智慧。

老犯人闹事是吧，行，去跟马憨子关一间吧。

老头晚上睡觉本来就怕吵，这下可好，马憨子的呼噜声跟打雷似的，能吵得你一宿都别想闭一下眼，跟他住两天，保准你神经衰弱。

老头想故伎重演，站在床头骂马憨子，准备挨他一巴掌就碰瓷倒地上，结果没想到我们文教技高一筹，早在马憨子进来的时候，就找他谈了一次话。

那次我全程在现场，对文教的本事佩服得五体投地。

马憨子站在文教对面，文教问他："来了我们监区，有人欺负你怎么办？"

马憨子挠挠头，不说话。

文教："是不是还想打？"

马憨子憨厚地笑了。

文教一板脸："打，可以，但是你给我记住了，不准打人！"

说着，他提了一包方便面，放在他边上的塑料凳子上，对马憨子说："生气的时候，给我一巴掌打板凳，打坏了不用你赔。而且如果我查清楚了，真的是有人欺负你，你才打板凳的，我还送你一包方便面。"

然后文教指了指我："但是，如果打人，比如他，只要你打了，我不把你送去蹲小黑屋，你反正也不怕。我不给你吃饭，打一次，罚你一个礼拜没有午饭吃；再打，晚饭也没了。反正你饿不死，让你活受罪。"

"听到了没有？"

马憨子喜上眉梢，想了想，忽然伸出手指，比了个"五"的手势："领导，五包吧，一包不够我吃的，一口就没了。"

文教瞪了他一眼："还讨价还价？三包，不能再多了。小郑，你记下来，谁跟他起的矛盾，这三包就从谁的大账上扣，监区先出钱买一箱预支着，放在这儿存着。"

我忍着笑，认真地记了下来。

马憨子想了想，最后还是点了头，嘴里还嘟囔着："三包就三包……我攒着两顿一起吃。"

文教不放心，拍了拍桌子问："你给我重复一遍，刚刚怎么跟你说的？"

马憨子乖巧得很："领导说了，不准打人，只准打凳子，生气了打人就没有饭吃，打凳子不用赔，打坏了还有方便面奖励。"

"不是打坏了有奖励……算了，就这样吧。给我老老实实记住了，听见没有？"

于是那天大半夜，老头站在马憨子床头，对着他吐口水骂人的时候，马憨子醒了过来，瞪大眼睛看了老头一眼，一巴掌刚要挥过去，好像忽然想起了什么，手停在了半空中。他朝四周看了看，忽然下了床，一溜小跑跑到门口，提了一张塑料小板凳放在地上，然后忽然冲着那老头虎吼一声，一巴掌砸了下去。

板凳当场四分五裂，那老头别说挨一巴掌了，被他这大吼一声吓得倒退了几步，一个没站稳，坐倒在了床上。

马憨子一掌拍碎凳子，脸上怒眉倒竖，龇牙咧嘴，就像是要冲过去再这么打那老头一下似的。吓得监区里晚上值夜岗的犯人都不敢上去劝，赶紧一个电话打到值班室，冲着电话就喊："队长，队长，要出人命了，队长！"

不用他喊，马憨子那一嗓子早已经惊动了整个监区，当时的值班狱警已经冲到了门口，看到马憨子打的是板凳，这才一颗心放到了肚子里。他一边开门把马憨子叫出来训话，问是怎么回事，一边让犯医赶紧去看那个老头有没有事。

马憨子倒也不是真憨，在里头的时候还是一副"鲁智深拳打镇关西"的表情，出来的下一秒看着狱警就变脸了，满脸的横肉都堆着笑，偷偷比画了三根手指，冲狱警小幅地挥了挥："我打的是板凳，没打人，三包。"

狱警又是好气，又是好笑，问清楚了事由，也真的给马憨子的账上记了三包方便面。

从那之后，马憨子的名气就闯出来了，所有的老头看到他就绕着走，生怕碰瓷不成，真被他一巴掌给拍碎了，又怕晚上被狱警分过去，跟这个憨子住在一起。

就这样，自从马憨子来了之后，我们监区的管理竟然出乎意料地好了许多。

#04

马憨子刑期三年半，减刑一次，实际刑期三年一个月，加上在看守所蹲了大半年，陆陆续续又在其他监区待了一段时间，所以最后在我们

202

这儿一共坐了不到两年的牢,就刑满了。

文教犯愁,不是没有原因的。

马憨子的巴掌我们是见识过的,按照规矩,文教一个,再带一个内勤民警,外加一个司机,三个人把马憨子给送到河南老家去。可如果马憨子在路上发起飙来,这三个人加在一起都不够他10秒钟收拾的。

更要命的是,这个"必接必送"期间,其实存在一段法律上的"真空期"。

虽然由我们监狱民警送回,但实际上犯人这时候已经刑满释放了,不允许再给他使用任何手铐、脚镣等警械用具——因为他已经不是一名犯人了。而我们由于离开了监狱,也不允许携带辣椒水、电警棍一类的防身用品。

这其实本来并不是问题,因为百分之九十九以上的"必接必送"犯,要么是重病卧床,要么是年老体衰,要么是社会上混的危险分子,好不容易混到了刑满释放,他绝对不会在这时候招惹我们,再次被关进来。

换句话说,这些犯人要么没能力袭警,要么没胆子袭警,要么根本不会袭警,所以一般来说,送回去的过程中是绝对安全的。

再说了,犯人在牢里关押这么久,总有一两个照顾过他的相熟的民警,打打感情牌,一路上唠唠家常,也就给安全送到了。

谁也没想到,现在出来了一个马憨子这种"怪胎"。

论本事,他袭起警来,我们只有早死跟晚死的区别,恐怕连反抗的能力都没有;论胆子,马憨子憨起来,天不怕地不怕,谁也制不住他;论想法……谁知道马憨子会因为什么破事忽然爆发?

就连最后一点也悬,说起来文教给他吃了这么多方便面,跟他算相熟的,可是到了刑满的时候,这马憨子还不知道文教到底姓啥,就一口一个领导,笑嘻嘻的,谁也不知道他心里有没有把跟文教的这点情分当回事。

眼看着文教抽烟不说话,我忍不住了:"文教,咱们要不申请特批,给他戴个手铐吧。"

"想都别想,批不下来的,人都刑满了,又没犯罪,给他戴手铐是违法的,监狱都没这个资格批。"

"那我们能多带点防身物品不?"

"你能想到的玩意儿都别想了,批不下来的。"

"那咱们在允许的情况下,可以带点啥?"

"……一根绳子。"

"给我们上吊用吗?"

"说什么屁话,是给我们制服了犯人之后,把他捆起来用。"

"那文教,我可以跟你去,但是到时候你去制服,我只负责捆。"

"滚蛋!"

文教一点好脸色都没有,站在窗口,烟一根接着一根,眉头皱成了深深的川字。

#05

最后还是没让我去,马憨子刑满释放的那天,我正好休息,听说是文教硬拉着小陈和聪子两个人一起,把马憨子送回了老家。

我后来问小陈:"你们三个人就有胆子送了?"

小陈往四周看看,低声跟我说:"别说了,还是文教有办法。"

"咋了?"

"他提前一晚上问马憨子想不想带半箱方便面回去路上吃,马憨子当然说想啊,文教就让他给监区最后做点贡献,通宵值夜岗吧。果然那天早上送他回去,一上车他就头一歪睡着了,整整一路雷打不动,呼声震天响。安全倒是安全了,就是苦了我们俩坐后排的,耳朵差点没给活活震聋。"

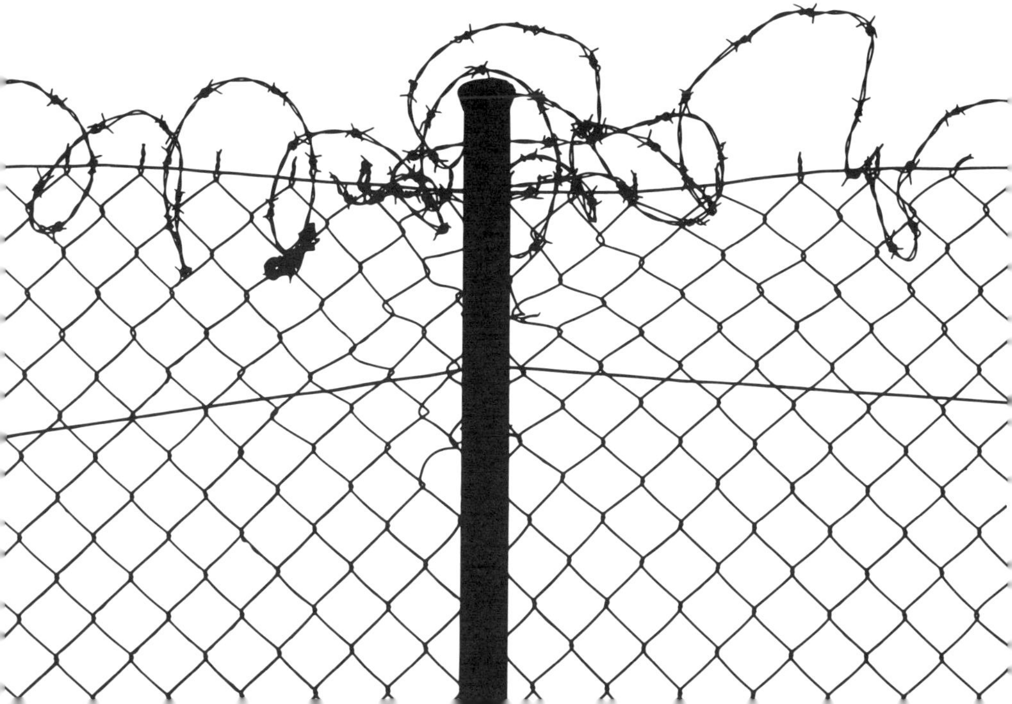

后记 Postscript

十二个故事，十二个犯人。

他们中有的早已刑满释放，有的刑期还很长，有的出狱后音信全无，有的甚至已经不在人世了。

他们彼此的人生就像一辆辆光怪陆离的列车，偶然交会在监狱这一点，然后驶向不同的方向。可对于监狱这座站台来说，都只不过是每天来来往往的无数列车中普通的一辆罢了。

监狱就是这样，在漫长的岁月中重复着一日又一日的刑罚，如同一座悄然屹立在岁月长河中的灰扑扑的古老城堡，从来都不曾变过。

每天都有犯人迎来刑满释放，每天也都会迎来新的犯人。

《狱警手记》的故事暂时到此告一段落了，可监狱里的故事，永远不会结束。

期待和大家的再一次相会，或许到时候，我会带来一些新的故事、新的犯人，和他们更加匪夷所思、善恶颠倒的罪行，以及这些罪行背后的真相。

江湖路远，后会有期。

——北邙